생각을 겨냥한 총

생각을 겨냥한 총

양미경 수필집

수필과비평사

문단 선배들로부터 들은 말입니다.

'갈수록 글쓰기가 두려워진다.'고.

나는 그 말이 그저 겸양의 말이려니 했습니다.

문학을 시작하고 나름대로 열심히 글을 쓰던 초기에는 선배들의 글을 읽으면서 얼마나 부러웠는지요. 어쩌면 이런 멋진 문장들이 나올까, 세상을 바라보는 눈이 이처럼 깊고 넓을까. 질투심도 솔직히 있었습니다.

이제 20년 가까이 글을 써오면서 그분들의 언어와 세계를 절실히 느끼고 있습니다.

왜 갈수록 글쓰기가 두려워지는 것일까요? 습작기와 등단 초기에 겁 없이 글을 써댔던 때에는 독자를 의식하기보다 독자가 나에게 따라와야 한다는 오만과 편견마저 있었습니다.

세월이 흐르고 돌아보니, 지난날 내가 썼던 글들이 숨기고 싶을 정도로 부족한 것들 투성이입니다. 어쩌면 지금의 내 글도 시간이 더 흐르고 다시 읽어보면 그때는 그때대로 부끄러울 것입니다. 끝없이 더듬거리면서 흘러가는 것이겠지요.

책을 읽는 분들께 말씀 드립니다. 이 글은 지난 20년 가까이 글을 써온 한 작가의 '참회록'으로 보아주시기를…….

내 마음에 오만과 편견을 스스로 지우면서 언젠가 내가 내게 조금은 덜 부끄러운 시간이 오리라 기대해 봅니다.

함께하면서도 고마운 줄 몰랐던 작은 풀꽃들, 개미와 나비들, 바람에 날리던 홀씨들, 내게 영감을 주고 직관을 자극했던 그 모든 사물에게 사랑한다는 말을 달아주고 싶습니다.

어려운 시간을 잘 견뎌준 가족들과, 내 주변의 벗들께도 고마움 전합니다. 그들이 있어 내가 존재하는 것이기에, 더욱 사랑합니다.

2012년 초여름에
아리(阿利) 양미경

차례

다시 먼 길 떠날 준비를 하며

봄을 향한 홀씨들

사랑에 관하여

성북동 비둘기와
어시장 고양이

6번이 갔다

떠도는 유머 중에 '3번
아 잘 있거라, 6번은 간다.' 가 있다. 말이 유머이지 그저
웃어넘기기엔 가슴 아픈 이야기다.

시골에 한 부부가 있었다. 아들 잘 키워 서울의 대학에
보내고 결혼까지 시켰다. 애교 많은 며늘애는 부모님 극진
히 모실 테니 시골에서 고생하지 말고 서울로 옮겨오시라
며 틈만 나면 보챘다. 시골에 사는 게 좋다고 고향을 떠날
수 없다던 아버지는 아내가 세상을 뜨자 아들 내외의 뜻을

따랐다. 전답을 모두 팔아 아들네 집부터 큰 아파트로 바꿔주고 거기 얹혀살기로 한 것이다. 며느리의 태도는 입가入家 첫날부터 달라졌다.

그리고 언젠가부터 숫자로 가족 구성원의 지위가 정해져 있다는 것까지 알게 됐다. 1번은 손자, 2번은 며느리, 3번은 아들, 4번은 강아지, 5번은 가사도우미, 그리고 6번이 자신이었던 것이다. 결국 자신은 강아지보다 못한 신세임을 알아챘다.

휴일 아침, 자고 일어나니 집 안에는 노인밖에 없었다. 주방으로 가니 메모가 있었다.

'아버님, 저희들 휴일 나들이 갑니다. 식탁 위에 특별히 아버님이 좋아하는 김밥 있으니 잡수시고 집 잘 봐주세요.'

식탁보를 들춰보니 김밥 꽁지만 수북했다. 평소 김밥 꽁지 좋아한다는 말은 했지만, 그날따라 김밥 꽁지가 그리 불편할 수가 없었다. 아버지는 말없이 보따리를 쌌다.

아들 내외가 집에 와 보니 아버지는 간 곳 없고 식탁 위에 역시 메모 한 장만 달랑 있었다. 펼쳐보니 '3번아, 잘 있어라. 6번은 간다.' 아버지는 아들에게 마지막 메모를 남기고 귀향 버스에 오른 것이다.

위의 아버지는 6·25 전쟁 전후로 태어난 베이비부머로 우리 아버지의 모습이기도 하다. 이 세대는 유교 사상을 바탕으로 한 가부장적 가족구조에서 자라온 마지막 세대이다.

나와 같은 시대를 살아온 이들은 자신들의 부모가 그랬듯이 부모를 봉양해야 한다는 원죄적인 책임감을 가지고 있다. 그러나 정작 자신들은 자식을 슬하에서 모두 떠나보내야 하는 핵가족 시대에 노후를 맞고 있는 것이다. 자신의 부모는 극진히 섬기고 자식을 지극정성으로 키우지만, 스스로는 노후를 홀로 보내야 한다.

한국의 마지막 유교적 시대를 살아온 부모들은 정작 그것을 받아들일 준비가 전혀 되어 있지 않다. 서양에서는 만 18세가 되면 어릴 적부터 정신적으로 독립하도록 훈련시키며, 부모들도 그 이후의 삶을 미리 준비한다고 한다. 자식이 고교를 졸업하면 대학은 자신의 힘으로 다니거나 직장을 갖고 일찌감치 독립하는 것이다.

그러나 우리 시대의 부모들은 자신들의 가난한 부모로부

터 받은 것 없이 경제성장을 이루었고 그 과실을 아낌없이 자식들에게 베풀었다. 빚을 내서 대학에 보내는 것은 물론, 결혼하면 혼례비용에 살아갈 집까지 장만하려 기를 쓴다. 자녀 결혼시키고 빈털터리가 되거나 빚까지 짊어지는 쪽도 부모들이다. 그 이면에는 부모가 베푼 것에 대한 보상이 있으려니 하는 마음도 있는 것이다.

중국 남송 시대의 유학자인 주희(朱熹 : 주자 朱子)는, 사람이 살아가면서 후회할 일을 만들지 말라는 뜻으로 10가지(주자십회 : 朱子十悔)를 열거했다. 그 첫 번째가 '불효부모사후회不孝父母死後悔'다. 익히 알듯 부모에게 효도하지 않으면 돌아가신 뒤 후회한다는 뜻이다.

이제 한국사회도 학자들의 말처럼 부모 자식 간의 관계를 다시 정리해 볼 시기가 된 것 같다. 사랑하는 가족으로서의 관계는 유지하되 부모와 자식은 각자의 삶이 따로 있다는 것을 인지해야만 근심을 덜 수 있다. 그래야 서로에게 기대거나 요구하려는 과도한 기대심리가 사라져 노후에도 건강한 가족관계를 유지할 수 있을 것이다.

블랙 유머 속에 등장하는 며느리는 자신의 현실적 욕구

❀ 생각을 겨냥한 총

만 생각했을 뿐, 똑같은 방식으로 자신 또한 자녀로부터 5번이나 6번이 된다는 생각은 전혀 하고 있지 않다.

옛날 고려장에 사용했던 지게를 지고 와 그것을 버리려 했을 때, 나중에 나도 사용해야 하니 잘 보관하라는 자식의 말에 그 길로 달려가 어머니를 모셔왔다는 일화가 있다. 많은 것을 시사해준다.

요즘 젊은이들은 그들 부모가 했던 것처럼 무모하게 자녀에게 쏟아붓고 자신의 노후를 망치는 짓 따위는 하지 않으리라. 그럼에도 우리 세대는 아직도 어리석은 생각을 하고 있다.

'그래, 우리 희생을 끝으로 너희가 행복하게 살면 그것으로 충분하지 않은가?'

오늘도 슬픈 '6번'은 체념의 슬픈 짐을 행복이려니 여기며 휘어진 허리로 비탈길을 힘겹게 힘겹게 오르고 있다.

개구쟁이에서 영웅으로

얼마 전 서울의 한 의대 졸업반 학생들이 MT 갔다가 동기 여학생을 집단 추행한 일이 벌어졌다. 여학생은 그 충격으로 정신과 치료를 받아야 했고, 남학생들은 형사 입건되면서 그들의 탄탄한 미래에 암흑이 드리워지고 말았다.

그 학생들은 가정적으로도 넉넉했고 공부도 잘해 우수한 성적으로 졸업을 앞두고 있었다. 사람의 성격형성은 어릴 때의 환경이 좌우한다고 한다. 그렇다면 그들의 가정은 부유했지만 무언가 정서적으로 부족한 어린 시절을 보냈기 때문일까.

어릴 적 가난했거나 말썽쟁이였더라도 부모나 자신을 이끌어준 멘토의 영향으로 훌륭하게 성장한 이들도 많다.

얼마 전 함평의 나비축제에 다녀왔다. 나비축제를 처음부터 진두지휘해온 나비 박사 이승모 선생을 아는 사람은 많다. 그러나 그 뒤에 석주명 선생이 있다는 것을 아는 사람은 많지 않다.

석주명은 우리나라 나비 연구의 원조라고 할 수 있는 분이다. 선생은 일찍이 일본으로 유학을 갔다. 그러나 공부보다는 노는 것을 더 좋아하는 개구쟁이였다. 중학교 시절에는 꼴찌를 해서 퇴학당할 위기에 처한 적도 있었다고 한다.

그런 그를 이끌어준 사람이 대학 시절의 지도교수였다. 이후 우리나라에 돌아온 석주명 선생은 무려 75만 마리의 나비를 채집하여 연구하는 성과를 거뒀다. 그가 쓴 나비분야 저서는 영국 왕립도서관에 소장되었고, 전 세계 30여 명에 불과하다는 세계나비학회 회원이 되었다.

미국 초대 대통령이었던 조지 워싱턴의 어린 시절 일화도 유명하다. 워싱턴이 아버지가 아끼던 벚나무를 도끼로 베어버렸는데, 아버지가 누구 짓이냐며 불같이 화를 내자 당당하게 대답했다.

"접니다."

아버지는 "이유가 무엇이냐?"고 물었다.

"도끼날이 잘 드는지 시험하기 위해 그랬습니다."

아버지는 아들이 비겁하지 않고 솔직하다며 용서했다는 것이다.

맥아더 또한 동네 골목대장에다 말썽쟁이로 소문이 났었다. 동네 사람들은 머리를 내저었지만 그의 할머니만은 예외였다. 항상 손자의 머리를 쓰다듬으며 "너는 훌륭한 장군 감이다. 크면 멋진 군인이 될 거다."며 긍정적인 마음을 길러주었다고 한다. 그 아이가 바로 한국전쟁을 승리로 이끈 더글라스 맥아더 유엔군 사령관이다.

에디슨도 학교에서는 저능아 취급을 받았지만 어머니의 관심과 애정으로 세계적인 발명왕이 되지 않았는가.

이런 예를 볼 때 인간의 기본적인 자질은 학교교육을 받고 사회적 교양을 쌓으면 얼마든지 달라지는 것 같다. 태어나서 4~5세가 되기 전에 기본 인격이 형성되는데 이 시기에 부모들은 아이에게 해야 될 것과 해서는 안 되는 것을 가르친다. 직접적인 가르침도 중요하지만 부지불식不知 不識 간에 부모의 행동이 아이에게 미치는 영향도 크다고 할 것이다.

만약 조지 워싱턴 같은 일이 내게 생겼다면 어떻게 했을까. 바른말을 하면 용서하겠다면서도 틀림없이 체벌을 가했을 것이다. 아들딸을 대할 때 나중에 미칠 영향보다는 자신의 감정에 따라 행동하는 경우가 얼마나 많았는가. 그런 것을 보고 성장한 아이들은 즉흥적이 되고 감정적 절제력이 부족하다는 것을 알아야 했다.

의대생들도 마찬가지가 아닐까. 한순간에 절제력을 상실하여 상대 여학생에게는 치유할 수 없는 고통을 주었고, 오랜 기간 준비해 온 자신들의 미래 또한 어둠 저편으로 날려 버렸다. 상대와 자신 모두에게 돌이킬 수 없는 결과를 남기고 만 것이다.

이제는 나의 자식들이 자식을 키우는 세대가 되었다. 요즘은 자식에게 감정적으로 대했던 지난날을 상기하며 손녀들에게라도 좋은 할미의 모습을 보여주려 노력한다. 개구쟁이면 어떠랴. 영웅이 되지 못하고 유명한 사람이 되지 못한들 무슨 상관이랴. 비겁하지 않고 정당하며, 바른 판단을 하고 아름다운 심성의 사람으로 살면 충분한 것 아닌가.

그 처녀를 아직 업고 있습니까

길을 가던 두 승려가 냇가에서 머뭇거리고 있는 처녀를 발견했다. 여자를 보자 나이 많은 승려는 눈을 내리뜨고 빠르게 계율을 외우며 냇물을 건너갔다. 처녀에게 품을지도 모르는 욕망에 휘둘리게 될까 걱정한 처사이다. 그러나 젊은 수도승은 그녀에게 말을 걸었다.

"왜 여기 서 있습니까? 이곳은 인적이 드문 곳이라 위험합니다."

처녀가 대답했다.

"개울을 건너야 하는데 물이 깊어 그렇습니다."

"그럼 제 등에 업히시지요?"

개울을 건넌 젊은 수도승은 처녀를 내려주고는, 나이 든 수도승과 함께 걷기 시작했다. 한참을 가다가 선배 수도승이 화난 목소리로 따지듯이 물었다.

"자네 오늘의 잘못을 어쩔 텐가?"

젊은 수도승이 어리둥절해서 물었다.

"제가 무슨 잘못을 저질렀는지요?"

"개울에서 여자를 업지 않았는가? 수도승의 몸으로 여인을 가까이 하다니 될 법이나 한 말인가?"

젊은 승려가 미소를 지으면서 말했다.

"저는 이미 처녀를 내려놓았는데, 스님은 아직도 그 처녀를 업고 계시는군요."

오쇼 라즈니쉬의 『뱀에게 신발 신기기』 중에 나오는 삽화로 사람의 위선이 어디까지인가를 보여주는 이야기다. 교육과 자기수련을 통해 욕망을 잘 절제하는 것처럼 보이는 사람이 실제로는 가면을 쓰고 있을 수도 있다는 것을 보여주는 에피소드다.

얼핏 보기에 나이 든 수도승은 욕망을 잘 절제하고 있는 것처럼 보인다. 하나, 그는 처음부터 처녀를 욕망의 대상으로 바라보았다. 그래서 시간이 지난 후에도 그 대상에 집착한 적나라한 이중성을 일으킨다.

그에 비해 젊은 수도승은 처녀를 여자라는 '욕망의 대상'으로 생각지 않았다. 그는 단순히, 난처한 지경에 처한 사람을 수도승의 입장에서 도왔을 뿐이다.

작품 속에서 그리고 내가, 고민하는 것은 나이 든 승려의 모습과 겹쳐지는 '나'의 모습이다. 문학작품을 설명할 때 많이 사용하는 용어가 페르소나(Persona)다. 페르소나는 라틴어로 독립된 개인의 생각이나 개성 혹은 인격을 표현하는 말로, 문학 등 예술작품에서 연출자가 작품 속에 대리인으로 내세운 주인공의 뜻을 가진 '가면'이다. 연출자는 자신이 가진 생각과 가치관을 작품 속에 대리인을 내세워 세상을 통렬하게 비판하는 것이다.

지금까지 수필을 써오며 글 속에서 내가 쓴 가면은 얼마나 많을까? 셀 수도 없을 것이다. 작품 뒤에 숨어서 나는, 나의 페르소나로 하여금 세상을 비판한다. 가면을 쓴 나는 정의로우며 욕망에 초연하고 남을 계몽하는 선각자처럼 보인다. 그런데 현실에서도 정의롭고 욕망에 초연하며 다른 이들을 계몽할 만한 인격을 갖고 있을까? 천만의 말씀이다.

실은 그런 점을 솔직히 인정해야 하나, 말아야 하나를 갈등한 적이 있었다. 그리고 내린 결론이, '인정하자. 인정하고, 이제는 남을 계몽하는 것이 아니라 자신을 계몽하자. 나 자신을 계몽하는 것이 나를 바라보는, 그리고 내 글을 읽는 사람들에게 진정성을 보여주는 가장 절실한 모습이 아니겠는가.'였다.

신이 아닌 이상 어리석지 않은 사람이 어디 있을까. 자신의 어리석음을 인정하는 순간 마음은 편해지고 자신에게 당당해지는 것임을 느낀다. 의식의 진화에서 나는 가끔씩 희열을 맛보곤 한다.

나의 오만한 페르소나를 당당하게 인정하고 바라보는 것, 이야기 속에 나오는 두 수도승은 그 점에 깨우침을 주었다. 이제껏 나 또한 어리석음을 업고 있었던 것이다. 생이 다하는 날까지 내려놓지 못할지라도, 내려놓는 부단한 반복을 통해 나를 조금씩 채워갈 것이다.

프로크루테스의 침대

문명이 발전하거나, 삶의 질이 높아질수록, 세상이 점점 따뜻해지는 게 아니라 각박해지는 것 같다.

우리 사회는 언제부턴가 대화와 타협이 실종되어버렸다. 정치인들은 서로 상대가 틀렸다며 여의도가 터지도록 싸우고 신문과 방송, 근로자와 사용자 모두가 전생에 원수나 진 것처럼 격돌하고 있다. 뿐만 아니다. 교사는 교사끼리 학자는 학자들끼리 편을 갈라 서로에게 삿대질하는 것을 볼 수 있다.

　서로에게 상처를 주며 제 주장만 옳다고 우기다가 서로
공멸하는 경우를 보는 것도 이제는 지겨울 정도다.

　그리스 신화에 등장하는 '프로크루테스의 침대(Procrustean
bed)'가 생각난다.

　프로크루테스는 강변에 침대 하나를 갖다놓고 지나가는
사람들을 잡아다가 침대보다 작으면 늘여서 죽이고 침대보
다 크면 잘라서 죽인다. 결국 그는 영웅 테세우스에게 잡혀
자신의 침대에서 똑같은 방법으로 죽임을 당한다는 이야기
다.

　자신이 세운 일방적인 제도와 주장과 방침에다 다른 사
람들을 억지로 끼워 맞추려는 아집과 편견을 비유할 때 흔
히 '프로크루스테스의 침대'를 사용한다.

　한때 동방예의지국으로서 상대를 배려하고 공동체를 중
시하던 우리의 미덕은 어디로 가버렸을까. 이제는 자신의
주장만 옳다고 부르짖는 사회가 되어가니 말이다. 토론은
없고 주장만 있으며 배려는 없고 아집만 남아 양보 없는

편견만이 난무한다. 내 생각이 옳다는 전제 아래 다른 사람의 의사를 무시하고 내 생각에 '두들겨 맞추는' 것이 일상화된 느낌이다. 그래서인지 갈수록 뉴스를 보기가 두려워진다. 지면이나 화면으로 비춰지는 뉴스 대부분은 개인의 폭력에서 단체의 폭력까지 갈수록 사나워져 아이들이 볼까 걱정스럽기까지 하다.

개개인이 가진 사상과 이념과 사고가 다르다는 것을 인정하지 않고 무조건 틀렸다고 판단해버리기에 상대방의 생각의 길이를 자신의 침대에 맞춰 마음대로 늘이거나 자르려는 것이다.

상대방의 생각이 나와 같지 않은 것을 '다르다'라고 하지 않고 상대방이 '틀렸다'라고 생각하는 순간, 스스로의 마음속에 프로크루스테스의 침대를 만들고 있는 것임을 왜 깨닫지 못하는 것일까.

시민들의 본보기가 되어야 할 사회지도층마저도 편 가르기를 하고 상대를 자신의 판단에 맞추어 재단하려는 일방적 생각이 우리 사회를 잘못 이끌고 있다는 느낌이다.

당신의 생각이 나와 다르다는 것을 알았으니 중간쯤서

타협점을 찾아보자는 대화방법이야말로 성숙한 인간이 가져야 할 덕목 아닐까.

불과 몇십 년 전만 하더라도 우리 사회가 이렇지는 않았다. 조상 대대로 내려온 오훈五訓을 잘 실천했다. 성실하며 거짓이 없고, 겸손하며 부모에게 효도하는 가운데 청렴하고 정의로운 기품 또한 지니고 있었다. 상대를 배려하며 서로 양보하고 화합하여 다투지 않았었는데…….

두렵다. 이러다간 언제 우리가 스스로의 편견이 만든 침대 위에 올라가게 될지. 영웅 테세우스를 기다리기 전에 자신도 모르게 마음속에 프로크루스의 침대를 만들고 있지는 않았는지 생각하고 반성해 볼 일이다.

자기의 생각에 맞추어 남의 생각을 재단하고, 남에게 해를 입히면서까지 자신의 주장만을 고집하지는 않았는지 자성해 볼 일이다.

성북동 비둘기와 어시장 고양이

어시장 근처에서 친구
와 식사를 하다가 눈에 들어온 풍경 때문에 수저를 놓고
말았다. 고양이 한 마리가 활어차 근처를 어슬렁거리고 있
었다. 활어차에서 생선 냄새를 맡은 모양이다.

한눈에 보기에도 길고양이가 분명했다. 등에 주황색의
선이 가로로 선명한 그 고양이는 털이 군데군데 뭉쳐 있
었으며, 늑골이 앙상하게 드러나 있었다. 그런데 배는 불
룩했다. 그때 누군가가 고양이에게 물을 확 끼얹으며 소

🍀 생각을 겨냥한 총

리쳤다.

"저리 가, 재수 없게!"

고양이는 한 걸음 재빨리 물러서더니 입맛을 다시며 저쪽으로 사라졌다. 그때 알았다. 고양이가 새끼를 가졌음을.

나는 예전에 「고양이는 썰매를 끌지 않는다」는 수필을 쓴 적이 있다.

'고양이는 썰매를 끌지 않는다.'는 말은 고양이는 개와 달라 결코 사람에게 길들여지지 않는다는 뜻이었다. 혼자 활동하며 길들여지지는 않지만 새로운 것에 대한 호기심이 강한 창의적 동물이다. 그런데 저 초라한 꼬락서니라니! 게다가 얼마 전 TV「동물의 왕국」에서 사육사에 의해 길들여진 고양이의 묘기를 보았던 터라 마음이 더더욱 편치가 않았다.

문득 김광섭 시인의 「성북동 비둘기」가 생각났다.

성북동 산에 번지가 새로 생기면서/본래 살던 성북동 비둘기만이 번지가 없어졌다./(중략)//성북동 메마른 골짜기에는/조용히 앉아 콩알 하나 찍어 먹을/널찍한 마당은커녕 가는 데마다/채

석장 포성이 메아리쳐서/피난하듯 지붕에 올라앉아 아침 구공탄 굴뚝 연기에서 향수鄕愁를 느끼다가/산 1번지 채석장에 도로 가서/금방 따낸 돌 온기에 입을 닦는다.(하략)

1968년에 발표된 이 시는 사람들에게 큰 반향을 불러일으켰다. 당시 이 나라에는 개발붐이 일기 시작했다. 도시 곳곳에 길이 나고 집들이 개량되면서 건축자재를 구하기 위해 산을 깎아 돌을 파내고 강을 긁어 모래를 파낼 때다.

「성북동 비둘기」는 도시가 산업화되면서 야생의 비둘기가 개발의 변화에 적응하는 모습을 보여준다. 숲이 망가지고 사라지자 다른 동물들은 더 깊은 산속으로 숨거나, 보금자리를 떠나버렸다. 그런데 '금방 따낸 돌 온기에 입을 닦는다.'는 표현처럼 성북동 비둘기의 적응력은 놀랍다.

거기에 비해 고양이는 더 적응력이 뛰어나다. 비둘기는 자신의 일차적 터전을 잃고 문명에 적응했지만 고양이는 그의 일차적 터전인 인간에게서 버림받고 산으로 갔다. 그러다 먹이를 구하지 못해 다시 인간세상으로 내려와 음식

찌꺼기를 구걸하고 있는 것 아닌가.

한때 고양이를 창의적이고 독립적인 동물이라고 예찬했던 나로서는 강한 배신감마저 느껴졌다.

'세상에, 고양이답지 못하게 무슨 꼴이야!'

그게 솔직한 나의 심정이었다. 입맛이 가시면서 먹을 기분도 사라지고 말았다. 고양이의 사촌인 스라소니나 살쾡이는 눈 덮인 산속에서 끼니를 거를지언정 구걸은 하지 않는다고 한다. 자존심 강한 그들의 모습은 얼마나 당당한가.

잠시 후 고양이의 자존심은 접어두기로 했다. 그 고양이는 지금 뱃속에 새끼를 가졌지 않은가. 제 자신의 자존심보다 몸속 새끼의 보호가 더 절실한 것이다. 뱃속에 담아둔 새끼의 생존을 위해 사람들의 갖은 위협과 천대 따위를 감내하는 그 고양이는 이제 예전의 고양이가 아니다.

생존의 엄숙함 앞에 누가 자존심을 말하고 누가 체면을 얘기할 수 있단 말인가. 만일 나라면 그런 경우에 자존심을 내세우고 고고할 수 있을까. 그렇게 생각을 하고 보니 고양이가 측은해졌다.

시간이 흐르고야 어시장의 고양이에게서 내 모습을 보았다. 킬리만자로의 당당한 한 마리 표범으로 살지 못하고 한낮 삶의 저잣거리에서 생존이나 구걸하며 살고 있는 내 모습을……

아톰과 일본

지금 50대 이상이라면 동네 꼬마들을 TV앞으로 끌어 모았던 1970년대 만화영화 「우주소년 아톰」을 기억할 것이다. 아톰은 일본의 '테츠카 오사무'가 탄생시킨 애니메이션 캐릭터다.

아톰(atom)은 알고 있듯 '원자' 라는 뜻을 가졌는데 일본인들에게 특별한 의미가 있다. 2차 대전에서 승승장구하던 일본은 미국의 원자폭탄 공격으로 재기 불가능할 정도의 피해를 입었다. 물리적인 상처뿐 아니라 세계를 제패하겠다는 야심에도 큰 상처를 입었던 것이다. 그렇게 원자폭탄 피해로 고통받던 일본 국민들에게 '우주소년 아톰'은 위안을 주었고, 고전 캐릭터로 오랫동안 사랑을 받아왔다.

패망한 일본이 재기를 다지던 1951년, 아톰은 단편 만화로 출발했다. 이후 흑백 애니메이션에서 컬러 애니메이션으로 2009년에는 3D 캐릭터로 디지털 복원되었다. 이 '아톰'이 올해로 탄생 60주년이 되었다.

그러나 아톰의 환갑은 일본인들에게 축배가 아닌 저주가 되었다. 지난 3월 동일본 해저에서 발생한 진도 9규모의 강진은 엄청난 쓰나미를 몰고 왔고 후쿠시마 원전은 통제 불능 상태가 되어버렸다. 향후 그 지역은 오랫동안 사람이 거주할 수 없을 정도라고 하니 원자의 저주(atomic curse)인 셈이다.

원자력은 인간에게 무한한 가능성을 제공하는 고마운 존재이기도 하지만 잘못 사용하면 인류를 위협할 수도 있는 물질이다. 21세기의 원자력은 의학·산업·농업·광업·지질에 이르기까지 광범위하게 응용되고 있다. 그러나 구소련 체르노빌의 원전사고에서 보았듯 조금만 방심하면 인류에 대재앙을 몰고 온다. 이번 후쿠시마 원전사고도 인간이 원자력의 위력과 안전에 얼마나 방심하고 있었는지 극단적으로 보여주지 않았는가.

후쿠시마 원전에서 누출된 방사능은 이제 우리나라 대기에서도 검출되고 방사능 비까지 내리는 실정이다. 일본은 이래저래 이웃 나라에 피해를 주고 있다.

한국을 오랫동안 침탈한 일본은 한때 을사늑약을 통해 식민지화하기도 했다. 우리로서는 잊을 수도 없고 잊어서도 안 될 치욕과 큰 고통을 준 나라가 일본이다.

2차 세계대전의 전범국이었던 독일은 유대인들에게 그들의 행위를 범죄로 인정하고 공식적으로 사과했으며 그에 대한 보상은 물론 이민을 자유화하는 조치까지 취했다. 이에 비하면 일본은 아직도 아시아를 식민지화한 것을 해방운동이었다고 주장하고 있다. 심지어 증거가 확실한 정신대와 대학살조차 어물쩍 부인하고 있다.

또 심각한 것은 단단하게 뭉쳐 있는 일본인들의 근성이다. 일본의 순혈주의는 지금까지도 이어져 수많은 한국인이 강제징용으로 일본에 살고 있지만 그들의 배타성은 재일한국인은 물론 다른 외국인에게도 완강하다.

한국도 외국인에 대한 배타성은 있지만 그들만큼은 아니다. 정부에서는 다문화 가정을 국민 정서적으로 수용하고자 노력하고 있다. 게다가 대지진 피해를 입은 일본인들에게 너도나도 나서서 온정의 손길을 보내지 않았는가.

그런 와중에도 저들은 독도를 자기네 땅이라 우기고 소련과 중국과도 영토분쟁 중이다. 만약 일본 국수주의자들이 득세하고 현실적으로 자국 내에서 힘을 얻는다면 동북아시아가 또다시 고통의 핵분열을 일으키지 않는다고 장담할 수 있을까.

만화의 왕국 일본이 전 세계에 자랑하는 아톰의 나이 환갑이다. 그들이 일으키고 그들 자신이 자초한 2차 대전의 상처도 환갑을 훨씬 넘겼다. 그에 걸맞게 민족의식 또한 성숙된 모습을 보여준다면 얼마나 좋을까. 그렇게 할 때 동북아는 물론 세계 속의 일본인으로서의 가치를 확립할 수 있지 않을까 생각해 본다.

행복 파파라치

언제부턴가 서점에 들르면 항용 비슷한 말을 듣게 된다. '봉투 필요하세요? 삼십 원입니다.' 그러면서 그냥 드리지 못하고 봉투 값을 받는 일이 죄송하다고 한다.

몇 해 전, 일회용품 소비를 줄이기 위해 봉투 따위를 무상으로 제공하지 못하게 법으로 정하였으나 마트나 백화점을 제외하고는 대부분 실행하지 않고 있다. 우리의 정서로는 봉투 값을 받는다는 게 왠지 야박해 보이기 때문이리라.

짐작되는 게 있어 서점 주인에게 물어보았더니 속상한 목소리로 대답했다.

"세상이 야박해요. 봉투 값을 받지 않았다고 파파라치가 신고하는 통에 벌금 물었어요."

이 일이 벌써 세 번째라며 직업적인 봉파라치들이 많다는 것이다.

파파라치가 아파트단지 앞에서 불법 유턴하는 운전자를 신고하여 수천만 원의 포상금을 타게 되었다는 보도를 접했던 적이 있다. 불법 유턴은 분명 잘못한 일이다. 하지만 이 같은 일을 직업적으로 고발한다는 것도 문제일 것이다. 허나, 그들에게 물어보라. 포상금은 정당한 대가이며 도리어 사회정화 차원에서 보면 추장推奬할 만한 일이라고 당당하게 말할 터이다.

우리나라에 성행하는 직업적 파파라치는 그 종류도 다양하다. 봉파라치(일회용 비닐봉지 무상 제공), 쓰파라치(쓰레기 불법투기), 선파라치(불법선거운동), 과파라치(불법과외) 등을 비롯해 그 종류만도 20여 가지가 넘는다. 게다가 쇠고기 원산지 표시를 감시하는 '쇠파라치'와 '식파라치'도

합세한 터이다.

파파라치는 이탈리아의 영화 「달콤한 생활」에 등장한 신문사 카메라맨에서 유래했는데, 파리처럼 웽웽거리며 달려드는 벌레를 뜻한다고 한다. 이후부터 유럽에서는 유명인들의 스캔들이나 프라이버시를 들춰내고 사진을 찍는 질 나쁜 사진사를 지칭하게 되었다. 지금도 기억에 남아있는 세계적인 사건은 전 영국 왕세자비 '다이애나' 가 파파라치를 따돌리려다가 자동차 사고로 죽음에 이르게 된 일이다.

누군가가 파파라치로 인해 목숨을 잃는 것은 아주 극단적인 상황이다. 그러나 목숨까지는 아니지만 파파라치로 인해 상처받거나 심지어 생활에 불안을 느끼는 사람이 많아진다는 것은 생각해볼 일이다. 털어서 먼지 안 나는 사람이 어디 있을까. 정당하게 사법권을 가진 공무원이 법을 집행한다면 아무 문제가 없다. 그러나 누구라도 카메라 하나로 이웃의 약점을 찍어내어 돈을 타낼 수 있다는 것은 분명 불쾌한 발상이 아닐 수 없다.

법이란 인간이 공동체 생활을 잘 영위할 수 있도록 만든 약속이다. 그 법을 모순되게 운영하여 이웃끼리 불신을 심어주고 나아가 서로가 서로를 반목한다면 그것은 법의 본질에서 일탈한 것 아니겠는가.

솔직히 그런 데 쓸 돈이 있다면 '행복 파파라치'라는 항목을 만들어 작은 메달이라도 수여하고 그에 합당한 박수로 답하는 건 어떨까. 피로에 지친 사람에게 안식을, 절망에 빠진 사람에게 희망을, 슬픔에 잠긴 사람에게 웃음을 주는 이들을 찾아 알린다면 사회가 훨씬 따스해질 것이다. 분노와 웃음은 바이러스처럼 전파된다고 한다. 분노보다 행복한 웃음을 전파시키는 일이 우리 사회를 아름답게 가꾸는 첩경일 것이다.

그런 사람들이 많아진다면 오히려 불법은 단속하지 않아도 지금보다 줄어들 것이 분명하다. 세상의 보이지 않는 곳에는 지금도 그런 일을 하는 사람들이 많다. 나는 그들에게 '행복 파파라치'라는 이름을 붙여주고 싶다. 부정적인 단어 '파파라치'가 긍정적이고 좋은 뜻으로 쓰이기를 바라며, 또 그런 사람들이 널리 알려지고 대접받기를 기대해 본다.

닉 브이치치의 메시지

닉 브이치치는 호주판 '오체불만족'으로 불리는 사람이다. 그는 양팔과 양다리가 없는 선천성 장애아로 태어났다. 그럼에도 '나는 행복한 사람.'이라고 당당하게 말한다.

그의 허벅지 쪽에 붙어 있는 왼쪽 발가락 두 개는 몸을 지탱해주는 지지대이며 손가락이기도 하다. 두 발가락으로 컴퓨터 자판도 치고 골프와 서핑을 즐기며 축구와 식사도 한다. 그는 '두 개밖에 없는 볼품없는 발가락이지만 많은 것을 할 수 있게 해주는 발가락에 감사'한다고 한다.

닉 부이치치도 처음에는 자신을 받아들일 수가 없었다. 철이 들 무렵 남과 다르다는 것을 알고 열두 살 적에는 자살까지 시도했었다. 어느 날 어머니가 신문에 난 기사 하나를 읽어주었다. 신문 속의 그 남자도 그와 비슷한 장애를 갖고 있었다. 어린 시절 놀림을 당해 자살을 결심하기도 했지만, 포기하지 않고 열심히 살아가고 있다는 내용이었다. 닉 부이치치는 자신의 고통이 가장 크고 유일한 것이라 생각했는데 그게 아니라는 걸 알았고, 많은 장애우들이 꿋꿋하게 살아가고 있다는 사실에 용기를 얻었다고 한다.

우리나라에도 이희아 씨가 우리를 감동시키고 있다. 그녀는 '네 손가락의 피아니스트'로 알려져 있으며 이제는 세계적인 연주자로 국제무대에도 선다. 태어날 때부터 양쪽에 손가락이 두 개씩밖에 없는 기형이었지만 천상의 선율을 들려주는 아름다운 인생을 살고 있다. 그녀 역시 엄마의 헌신적인 뒷받침이 오늘의 영광을 만들었다.

그들 부모는, 외모는 비록 남들과 다르지만 남들이 하는 일은 다 해낼 수 있다며 용기를 주셨다고 한다. 가족과 이웃의 따뜻한 시선과 격려가 생의 활력소가 된 것이다.

두 해 전, 조카가 사고로 척추를 다쳤다. 수술을 하였지
만 후유증으로 한쪽 다리가 불편하다. 그들 부모는 얼마 전
까지만 해도 멀쩡하던 아이가 장애인이 되었다는 사실을
받아들일 수가 없었다. 하느님을 원망도 해보았고, 아들 다
리와 자신의 다리를 바꿔달라며 울면서 기도했다고 한다.
시간이 흐르면서 차츰 현실을 받아들이게 되었다.

이제 조카는 무거운 짐은 몸 사려야 하고, 아이가 생기면
안아주는 것도 조심해야 한다. 그리고 재발하지 않게 항상
신경을 써야 한다.

나 역시 언제 척추유압술을 받아야 할지 모른다. 몇 년
동안 병원을 전전하며 신경차단술 등 안 해본 게 없다. 이
제 비수술적인 방법으로 마지막 카드를 쓰고 있는 중이다.
그마저 안 되면 열 시간 남짓한 수술을 받아야 하는데, 살
아있는 동안은 통증하고 동거해야만 한다. 굽 높은 신발
을 신는 것은 엄두도 못 내고, 좋아하던 여행은 꿈속에서나
해야 한다. 한때는 내 자신이 장애인이 되어야 한다는 사실

이 절망스럽기도 했지만 이제는 받아들일 준비가 되어 있다. 운명과 싸워 이길 각오를 하고 있다.

닉 브이치치의 메시지가 오늘도 내게 희망을 준다. 그의 말이 아직도 귀에 선하다.

'몸보다 중요한 것은 마음이며, 포기하지 않는 한 희망은 있다.'

❀ 생각을 겨냥한 총

인터넷 세상

어느 초등학교에서 '아름다운 인터넷 세상'이란 주제로 강연회가 열렸다는 기사를 읽었다. 갈수록 인터넷문화가 혼탁해지는 것 같아 내심 우려하고 있던 터라 그 행사에 박수를 보냈다.

요즘 학생들의 언어가 욕설로 채워지고 있다고 한다. 한 단체에서 실시한 조사에 의하면 청소년의 74%가 매일 욕설을 하는 것으로 나타났다. 중고등학생뿐 아니라 초등학생들까지도 대화 내용의 반 이상이 욕설과 비속어로 채워지고 있다는 게 아닌가.

욕설이 일상화된 가장 큰 이유로 인터넷을 꼽을 수 있을 것이다. 놀라운 것은 인터넷 특정 사이트에서 욕 배틀, 욕 BJ까지 하나의 문화로 자리잡고 있다니 기가 막힐 일이다.

그들이 사용하는 비속어를 보면 머리가 어지럽다.

병맛 - 병신 같은 자식
어스 - 어쩌라고 쓰레기야
나스 - 나대지마 쓰레기야
여병추 - 여기 병신 한 마리 추가요
엠창 - 엄마 걸고 내기
찌등 -찌질이 등신새끼

이러한 비속어와 욕설들이 아이들의 심성을 거칠게 만들고 실제로 거친 행동으로 이어진다는 게 문제다.

인터넷뿐 아니라 일부 저급한 만화나 게임과 영화에서도 욕설이 동원되는데 감수성 예민한 아이들이 그걸 자신들의 해방구로 삼는다는 것이다.

베트남 출신의 틱낫한 스님은 저서『화』를 통해서 화의 씨앗을 심으면 화가 자란다고 설파했다. 말 역시 거칠게 사용하다 보면 거친 심성이 마음속에 뿌리내려 자신도 모르는 사이에 걷잡을 수 없이 자라 스스로를 통제할 수 없게 된다는 것이리라.

또 근본적인 문제는 아이들의 언어가 정상을 벗어나고 있는데도 그것을 지적하는 사람만 있을 뿐 바로잡기 위한 사회적 논의나 학문적 연구가 이루어지지 않는다는 점이다. 언어의 심각한 왜곡이 사회적 문제를 일으키는 근본원인이라는 생각을 하지 않고 있다는 뜻이기도 하다.

세계에서 가장 아름다운 말은 프랑스어라고 한다. 프랑스 사람들이 그들의 언어를 아름답게 갈고 닦는 데 상당한 사회적 노력을 기울여왔다는 것은 이미 알려져 있다. 그러나 우리는 프랑스어보다 더 아름답고 효율적인 한글이 있지 않은가. 노력만 한다면 우리말을 아름다운 말로 다듬고, 말을 통해 아름다운 생각을 다듬으며, 아름다운 사회를 만드는 것은 어려운 일이 아닐 터이다.

그렇다고 말을 다듬는다는 것이 간단한 일은 아니다. 먼저 그것에 대한 사회적 분위기가 조성되는 것이 중요하다. 우리말을 아름답게 가꾸어야 한다는 사회적 공감대가 조성만 된다면 그 다음은 어렵지 않다. 사회 지도적 위치에 있는 사람들이 국회나 장외에서 거칠게 싸우는 모습을 자제하고 성숙된 언어문화를 선도해야 할 것이다.

정치와 종교에 이어 청소년들에게 영향력이 큰 문화계도 따라주어야 한다. 영상문화나 청소년 관련 콘텐츠를 만드는 문화계 인사들이 나서준다면 우리말 다듬기의 실질적 효과를 거둘 수 있지 않을까. 인터넷이나 영화, 만화 등을 통해 아이들이 배우는 언어는 교과서나 교육을 통한 과정보다 더 빨리 흡수되기 때문이다.

말하는 습관은 하루아침에 이루어지지 않는다. 밝고 환한 말, 힘이 되고 용기를 주는 말, 서로 격려하는 아름다운 인터넷 세상을 위하여 가정에서나 학교에서 앞장서야 하리라.

♣ 생각을 겨냥한 총

명약도 지나치면 독이다

요즘 지갑에 카드 몇 장 넣고 다니지 않는 사람이 있을까. 적게는 두세 장에서 많게는 열서너 장도 갖고 다닌다.

사람들은 개인의 경제 규모에 따라 다양한 카드를 활용한다. 이제 신용사회의 총아가 되어버린 카드가 없으면 어쩐지 신용불량자처럼 보인다. 문제는 카드가 가진 신용거래의 장점에도 불구하고, 카드 후진국인 우리나라에선 긍정 쪽보다 부정 쪽이 강하다는 사실이다.

내 개인적인 생각에 재래시장의 몰락은 카드가 한몫한 것 같다. 아직도 옛 정취 풍성한 재래시장 같은 데선 카드 사용이 안 되는 곳이 많다. 솔직히 2, 30대는 몰라도 나 같은 중년 주부들에겐 아직도 대형마트보다는 재래시장 가판대가 재미있고 정도 사무친다. 콩나물 천 원어치 사면 덤으로 한 움큼 올려주는 것에 웃음이 절로 난다.

노변 시장에서 채소 등속을 살 때 천 원짜리 두서너 장이면 계산이 끝날 자리에 카드 사용도 우습거니와 몰인정하게 느껴진다. 이래저래 재래시장은 카드 사용이 원천 차단되어 있다고나 할까. 그러다 보니 구매자들은 한 군데서 다양한 상품을 구매하고 계산대에서 카드로 계산하는 마트를 선호하게 된 것이다. 그러니 재래시장을 향하는 발걸음은 더 더욱 뜸해질 수밖에.

또 하나의 문제점은 신용카드의 무분별한 발급과 사용이 신용불량 사회를 부추기고 있다는 것이다. 카드는 현금 사용과 달리 사람들에게 절제된 구매의식을 흐리게 한다. 당장 현금을 사용하지 않으므로 충동구매의 경계심도 줄어들고, '외상이면 소도 잡아 먹는다.'는 속담처럼 별 저항감 없이 이것저것 사게 된다.

카드는 경제뿐 아니라 심각한 사회적 문제까지 야기하고 있다. 청소년들이 탈선하여 어두운 거리를 헤매고, 요사이 일어나는 범죄 유형의 대부분이 신용카드 과다 사용 때문이라는 뉴스는 섬뜩하기까지 하다. 이쯤 되면 신용카드가 아니라 '불신카드'라고 말해야 타당하다는 생각도 든다.

청소년 신용불량자가 점증하고 있는 이유는, 카드사의 잘못도 크겠지만 학교나 부모들의 책임도 있지 않을까. 청소년들은 길거리나 인터넷 등을 통해 쉽게 카드를 발급받는다. 카드를 잘못 써서 일어날 수 있는 문제는 생각지도 않은 채 무턱대고 사용하다 보니 결국 문제가 생기는 것이다. 때늦은 감은 있지만 지금부터라도 중·고등학교에서부터 교육을 시키면 좋겠다. 신용카드의 장점과 단점뿐 아니라 신용불량자가 된다면 사회 생활하는 데 얼마나 큰 불이익을 받게 되는지도……

카드의 부정적 요소 중 또 하나는 카드로 대변되는 인격의 문제가 아닐까 싶다. 이제 카드는 사용하는 사람의 신분과 품위를 대변한다. 은행들이 발급하는 비씨카드나 다이

너스 같은 고급 카드를 사용하는 사람은 외관상 품격 면에서 현저한 차이가 나 보인다. 그것이 사람들의 실제 시각이다. 대형 승용차와 소형 승용차로 사람의 인격을 판별하듯이 말이다.

이제 우리 사회도 카드가 사람의 인격을 대변하는 신분 카드로 인식되는 것을 막고 진정한 신용사회로 갈 수 있도록 권장하는 분위기로 바뀌어야 하리라. 그러기 위해선 카드 발급에 따른 제도를 정비하고 건전하게 카드를 사용할 수 있도록 계몽이 필요하다. 국가의 경제규모가 커진다고 선진국이 되는 것은 아니다. 그에 걸맞는 개개인의 사회적 책임이 뒤따를 때 진정한 의미의 선진국이 되는 것이다.

명약도 지나치면 독이 된다는 말, 이제는 신용카드에도 적용시켜야 할 것 같다.

집단 따돌림에 대하여

지난해 가수 '타블로'
의 학력문제로 시작된 공방이 사회적 분쟁거리가 되는 것
을 지켜보면서 마음이 착잡했다. 인터넷 누리꾼들에 의해
근거 없는 의혹만으로 시작된 한 연예인의 인격과 명예가
순간에 침몰하는 것도 문제지만 우리 사회의 마음 씀씀이
가 더욱 문제라는 생각이 들어서였다.

언제부턴가 학교 안에서 은밀히 자행되던 집단 따돌림이
인터넷이라는 익명의 수단에 의해 사회로 뛰쳐나오고 있다는 느낌을 받곤 한다. 일부 악성 네티즌들이 익명 뒤에 숨어서 테러처럼 자행하는 언어폭력은 심각한 수준이다.

나 역시 인터넷을 사용하고 카페에서 사람들과 대화를 나눈다. 그런데 카페로 불쑥 들어와 자신의 신분을 밝히지 않은 채 적대성 글을 올리거나 인신공격하는 사람들을 보면 마음이 편치 않다. 그들이 사용하는 글과 말이 정상에서 벗어나 있기 때문이다.

타블로 사태는 집단사회의 구조적 모순이나 개인의 비틀린 정서상의 문제로 볼 수 있다고 한다. 당시 근거 없는 의혹을 제기한 사람들은, 방송사나 언론사 그리고 해당학교와 수사기관에서 사실이라고 발표를 해도 믿지 않았다. 믿지 않는 게 아니라 믿고 싶지 않은 것인지도 모른다. 누군가를 표적으로 삼고 속 시원히 해방구의 대상으로 조롱하던 대상이 그리 쉽게 사라지는 것을 원하지 않았던 것이다.

집단 따돌림은 극단적인 경우 자살의 원인이 될 정도로, 심리적으로 육체적으로 큰 피해를 입힌다. 우리는 가끔 뉴스를 통해 왕따를 견디지 못해 생명을 끊는 청소년들의 사연을 접하지 않는가.

사회적 분노를 품거나 소외된 개인들이 인터넷상에서 분노를 마음껏 표출하는 짜릿한 즐거움은 마약과도 같은가. 건달 영화에서는 강자가 약자를 주먹으로 지배하며 환희를 느낀다. 인터넷은 현실의 나를 잊고 마음껏 감정을 표출할 수 있게 해주는 무한의 탈출구가 되어준다. 또 카페나 블로그를 통해 싫어하는 대상을 함께 공격하다 보면 그 희열은 배가 되어 재미있는 게임을 하듯 정해진 대상을 공격하게 된다는 것이다.

세계 여러 나라들도 인터넷상의 악풀이 사회적 문제인가 보다. 선진국에서는 사이트 관리자가 네티즌들의 댓글을 사전 검열까지 하며 실명제를 의무화하고 있다고 한다. 또 인터넷 명예훼손을 무겁게 처벌하고 있으며 '안심 인터넷 만들기 프로그램'도 만들 방침이라고 하니 우리도 귀 기울여야 할 것 같다.

현 사회는 보이지 않는 정신보다 보이는 물질문명에 집중하는 자기중심주의사회다. 요즘 부모들은 사회의 조건상 '착하다고 좋은 거 아니다. 네 것 먼저 챙겨라. 내가 앞서기 위해서는 남을 이겨야 한다.'는 등 경쟁사회에서 살아남는 방법을 교육시키고 있다. 이러한 사회 정서적 카테고리가 계속 돌고 돈다면 언젠가는 나와, 내 가족이, 내 이웃이 사회 속의 왕따가 될 수도 있을 터이다.

집단따돌림을 소수의 힘으로 막을 수는 없겠지만, 사회 정화 차원에서 강력한 분위기가 조성되었으면 싶다. 우선 인터넷상에서 누군가를 공격하는 카페보다 칭찬해주는 카페가 더 활성화되었으면 좋겠다. 그러는 한편 우리도 선진국들처럼 인터넷 명예훼손에 대하여 강력하게 대처해 나간다면, 인터넷을 통한 집단 따돌림 현상이 사라질 것으로 기대된다.

다시 먼 길 떠날
준비를 하며

거리에 크리스마스 장
식이 늘어가는 걸 보니 올해도 얼마 남지 않았다는 게 실감
난다. 한 해를 마감하는 것이 새삼스러운 일도 아니지만,
내 인생이 크게 한 분기점을 넘어간다는 의미에서 많은 생
각이 들게 한다.

새해가 되면 나는 환갑이 된다.

요즘은 사람들의 평균수명이 길어지면서 환갑은 별 의미
가 없다고 한다. 사실 나도 그렇게 생각했었다. 그러나 아

다시 먼 길 떠날 준비를 하며 ☘

직 다가오지 않은 사람과 곧 환갑이 되는 사람의 마음은 아무래도 다른가 보다. 굳이 사회적 의미나, 신체의 물리적 생리적 의미는 두지 않는다 하더라도, 삶의 어느 정점에 섰다는 느낌을 지우기란 쉽지 않은 것이다.

공자孔子는 『논어論語』 「위정편爲政篇」에서 이렇게 회고한다.

> 나는 나이 열다섯에 학문에 뜻을 두었고(吾十有五而志于學), 서른에 뜻이 확고하게 섰으며(三十而立), 마흔에는 미혹되지 않았고(四十而不惑), 쉰에는 하늘의 명을 깨달아 알게 되었으며(五十而知天命), 예순에는 남의 말을 듣기만 하면 그 이치를 깨달아 이해했다(六十而耳順). 그리고 일흔이 되어서는 무엇이든 하고 싶은 대로 하여도 법도에 어긋나지 않았다(七十而從心所欲 不踰矩).

나이 60을 이순耳順이라고 하는 것은 위의 육십이이순六十而耳順에서 따온 것이라 한다. 이순은, 소리가 귀로 들어와 마음과 통하기 때문에 거슬리는 바가 없고, 아는 것이 지극한 경지에 이르렀기 때문에 남의 말을 듣기만 하면 곧 그

이치를 깨달아 이해한다는 뜻이다.

귀가 순해져 사사로운 감정에 얽매이지 않고 모든 말을 객관적으로 듣고 이해할 수 있는 나이가 환갑인데 내가 두려운 것도 바로 그것이다. 과연 환갑이라는 의미에 맞게 내 자신의 얼굴이나 모습을 가꾸어 왔는가 의구심이 드는 것이다.

지난 십 년을 반추해보면 어떠한가? 나의 오십 대는 삶의 정글을 헤쳐나가기 바빴을 뿐이다. 적어도 지천명의 의미를 조금이라도 헤아린다면 판단에 균형이 있어야 하고, 사람을 대하는 데 사사로운 감정을 절제할 줄 알아야 한다. 그리고 내 말을 주장하기보다는 남의 말을 경청할 줄 아는 정도의 자세는 갖추어야 할 것이다.

그 기준에 비춰보면 나의 오십 대는 오히려 이기심 가득한 삶의 궤적만 보인다. 지금껏 개인적으로 좋아하는 사람과 그렇지 않은 사람을 나누어 다른 잣대로 평가하고, 남의 말을 듣기보다 자신만을 고집했다. 돌이켜보면 참으로 민망한 오십 대였다고 할 수밖에 없다.

그러니 이제 시작되는 나의 60대를 어떻게 이순의 의미에 맞출 수 있겠는가. 하나의 과정을 온전히 체득하고 거쳐야 다음 과정이 시작되는 것일진대.

나름대로 글을 쓴다고 원고지를 들여다보며 인간의 다양한 욕망과 희로애락을 담아낸다고 자처했었는데……. 나는 인간의 겉모습만 관찰했을 뿐 정작 깊은 내면을 관찰해본 적이 없는 것 같다.

나의 내면은 접어두고 남의 내면만 들여다보려 했었다. 나 자신을 꿰뚫어보고 냉정하게 해부해보려고 한 적은 없었던 것이다. 자신을 모르는데 지천명은 어떻게 알 수 있을까. 결국 위선의 삶을 살았던 셈이다. 그렇게 하여 환갑이 코앞에 다가왔으니 두려울밖에.

그래서 생각한다. 60을 50처럼 살자고, 이순의 과정은 아직 내게 벅찬 것이니, 60대라도 지천명의 의미를 되새겨보며 복학생처럼 새로운 50대로 살아보자는 것이다.

비록 육신은 나이가 들어가지만 마음까지 따라 늙어가야 할 필요는 없지 않은가. 요즘은 만학도들도 많다. 얼굴에 잔주름 가득한 할머니가 손녀와 함께 중학교 교실에 앉아 공부하는 모습은 얼마나 아름다운가. 인생 공부가 조금 늦었다면 얼마든지 다시 시작할 수도 있을 터이다.

그렇게 생각하고 나니 창밖에서 들려오는 캐럴이 마치 지나가는 내 오십 대를 환송하고 다가올 육십 대를 젊게 살라고 축복하는 듯하다. 그렇다. 모든 것은 마음먹기에 달렸다. 이제 나의 새로운 50대가 시작되려 하고 있는 것이다.

오늘 저녁에는 남편과 와인이라도 한잔하면서 젊어지는 기분을 느껴보고, 하늘이 내게 무슨 말을 할지 귀를 기울여도 봐야겠다. 그러다 보면 언젠가는 진정한 이순이 되어 있지 않을까.

타로카드 그러고 운명

얼마 전, 조카가 타로카드를 가지고 놀고 있었다. 뭐하는지 묻자 친구가 자신을 좋아하는지 점을 치는 중이라 했다. 나는 애의 모습을 한참 지켜만 보았다. 초등학생 녀석이 타로카드로 점을 치다니!

자신의 미래에 대한 두려움을 가지고 점을 친 역사는 인간이 공동체를 구성하고 살아온 것만큼이나 오래 되었다. 따라서 점을 치는 도구 역시 동서고금을 막론하고 다양하게 개발되었고 요즘도 가끔 새로운 방식으로 점을 친다는 광고를 스포츠 신문 등에서 보곤 한다.

타로카드의 역사는 꽤 깊다. 이집트나 중국, 인도, 이슬람의 신비주의자들에게서 유래된 점성술이 유럽에 전해진 것은 11세기경쯤이라고 한다. 그 종류만도 100여 가지가 넘는 것으로 추측되고 있다.

동양에서는 곡식알을 뿌려서 점을 치는 것을 비롯 젓가락 같은 나무 막대를 이용한 산통점이 가장 보편화되어 왔다. 산통점은 대나무나 향나무를 가늘게 다듬어 8괘卦를 새긴 것을 산통 속에 집어넣고 흔든 다음 차례로 집어내어 길흉화복을 점치는 것이다.

우리가 계획하던 일이 잘못되거나 손해를 입었을 때 흔히 쓰는 '산통 깨진다.'는 말은 바로 점을 치는 산통이 깨졌다는 말에서 유래했다고 한다. 객관적으로 보면 그저 점치는 사람의 사유물인 산통 하나 깨진 것인데 그 용어가 우리 생활의 깊숙한 곳에 들어와 사용되는 것은 결코 우연한 일은 아닌 것 같다.

어쩌면 우리 마음 깊이 내재해 있는 운명론 혹은 숙명론과 관계되어 있을 것 같다는 생각마저 든다. 우리가 아무렇지 않게 쓰는 '운명'이라는 단어는 인간이 어찌할 수 없이 따라야 하는 숙명론과 연결되어 있다. 자신의 운명을 알기 위해 점을 치는 것은 때에 따라 마음에 위안을 얻을 수 있다는 긍정론도 있지만 운명을 숙명으로 받아들이는 나약한 인간상을 만들어내는 부정적인 측면도 있다.

사업가나 정치인들뿐 아니라 서민들도 즐겨 점을 본다. 앞날에 대한 불안감을 떨쳐버리고 마음에 위로라도 얻을까 싶어서다. 자식의 미래가 어떨지, 결혼은 언제나 하게 될지 등 일상의 자잘한 것까지도. 점괘가 잘 나오면 기분이 좋고 점괘대로 이뤄지길 은근히 기대하는 마음이 자신도 모르게 점에 의존하게 하는 것이다.

나 역시도 사업이 존폐 위기에 몰렸을 때 지푸라기라도 잡는 심정으로 점을 보고 싶다는 생각을 했다. 결국 그 유혹을 뿌리치지 못하고 도시의 한 터미널에서 '타로카드' 점술가 앞에 앉고 말았다. 그는 처음 보는 이상한 그림이 그려진 카드를 보여주면서 몇 장 뽑으라고 한 다음 풀이를 해주었다. 내가 들려준 말들을 유추하여 말한다는 느낌이 들었다. 어쩔 수 없이 떠나야 했던 집에서 계속 살았다면 더 큰 일이 생겼을 거라는 말에는 솔직히 위로를 받았다. 하지만 앞날에 대한 그 어떤 해결책도 제시해주지는 못했다. 내가 한동안 암흑 속에서 인생의 존폐를 생각하며 점에 끌림을 받을 때 남편은 나와는 정반대의 길을 걸었다. 사업체를 살리기 위해 백방으로 뛴 것이다. 남편의 의지와 집념에 의해 우리는 재기할 수 있었다.

일상으로 돌아온 나를 생각해본다. 내가 나약하게 점괘에 매달리려 할 때 남편도 그랬더라면 우리는 미래가 없었을 것이다. 결국 인생은 운명이 아니라 개척하는 사람의 몫이 아닌가? 절망적인 상황에서 운명론에 매달린 나는 아무것도 할 수 없었지만, 운명론을 믿지 않는 남편은 강한 의지 하나로 가족을 구한 것이다.

운명론자들은 자신의 목적지에 이르는 길이 보이지 않을 때 불안해 한다. 그러나 운명 개척론자들은 없는 길을 만들어서라도 자신이 목적한 곳에 도달하려는 강한 의지를 발휘한다.

그렇다고 남편이 그리 대단한 사람은 아니다. 자신의 운명을 개척했던 나폴레옹이나 링컨이나 어네스트 새클턴경 같은 위대한 인물과는 비교할 수 없다. 그러나 가정이 곤두박질치고 있을 때 기지를 발휘하여 다시금 희망을 갖게 했으니 우리에게는 영웅인 것이다.

'내 운명은 내가 개척한다.'는 콜럼버스의 말이 떠올랐다. 그가 만약 신대륙을 찾아 떠날지 말지 점을 치고, 항해 도중 어려울 때마다 항해를 계속할지 말지를 점치며 운명에 의지했다면 지금껏 그 이름이 존재할까.

나는 아직도 나의 목적지가 어딘지 모른다. 그러나 분명한 한 가지는, 목적지는 운명에 의해 결정되는 게 아니라 자신의 의지에 의해 결정된다는 것을 알고 있다. 적어도 타로카드나 산통이 내 운명의 결정권자가 될 수는 없다. 앞으로 결코 산통 깨는 일 따위는 내게서 다시는 일어나지 않을 것이다.

아침 편지에 실려온 향기

메일로 보내온 「고도
원의 아침편지」를 읽는다. 짧은 메시지이지만 아주 빠르게,
아주 깊게 내 가슴속에 울림을 준다.

좌절을 경험한 사람은
자신만의 역사를 갖게 된다. 그리고
인생을 통찰할 수 있는 지혜를 얻는 길로 들어선다.
강을 거슬러 헤엄치는 사람만이

물결의 세기를 알 수 있다.

— 쇼펜하우어의 『희망에 대하여』 중에서

독일의 위대한 사상가이자 철학자답게 그의 메시지는 두 번, 세 번, 읽을수록 잔잔한 잠언으로 와 닿는다. 강을 거스른다는 것은, 떠내려가는 운명에 자신을 맡기지 않고 스스로 운명을 개척하며 극복한다는 뜻일 게다. 세상의 흐름에 편승하면 삶은 그럭저럭 지나가기도 한다. 하지만 가난한 사람이 가난을 숙명으로 받아들이고, 부자유한 사람이 부자유함을 운명으로 받아들여 체념한다면 그들의 미래엔 변화가 없을 것이다.

물론, 보다 높은 이상을 향한 도전은 대단한 용기를 필요로 하며 고통과 좌절의 고비를 넘을 각오를 해야 한다. 그렇기에 '운명의 개척' 이라는 말은 사람을 긴장시킨다. 그리고 대단한 사람들의 이름을 떠올리게도 한다. 세계 최초로 에베레스트를 등정한 영국의 에드먼드 힐러리 경이나, 남극 땅을 최초로 밟은 노르웨이의 아문센, 또 팔다리 없어도 낙심하지 않고 인생을 개척한 『오체불만족』의 저자 오토다

케 히로타다.

그들처럼 거창하지는 않지만 자신에게 닥친 불행을 극복하고 타인에게까지 봉사의 손을 내미는 사람들 역시 잔잔한 감동을 준다. 눈을 조금만 크게 뜨고 보면 그런 사람들은 많다. 우유배달로 생계를 유지하면서 소녀가장의 집에 무료로 우유를 나눠주는 사람, 시장에서 힘들게 장사하면서도 무료급식소에서 자원봉사하는 아주머니, 언젠가 TV퀴즈 프로그램에서 열쇠수리공이 '퀴즈영웅'에 등극하며 받은 상금 전액을 불우이웃돕기에 기증한 일은 하나의 사건이라 할 만했다.

그들이 자신의 처지를 그저 숙명으로 받아들이고 살았다면 남을 돕기는커녕 자신의 인생도 가늠하기 어려웠을 터이다. 힘든 상황임에도 주변의 어려운 이웃들에게 따뜻한 배려의 손을 내민 것은, 쇼펜하우어의 말처럼 좌절을 극복하며 인생을 통찰할 수 있는 지혜를 얻었기 때문이리라. 그런 사람들에 의해 우리 사회는 보다 아름다워지고 보다 향기로워지는 게 아닐까.

인생의 향기를 간직한 사람, 자신의 향기를 다른 사람들

에게 골고루 나누어 주는 사람은 그 스스로가 절망에서 건
져낸 희망을 나누어주는 것이다. 『레미제라블』의 작가 빅
토르 위고가 말했다. '인생의 어려운 문제를 푸는 데는 수
학보다 희망의 힘이 필요하다.'고.

도마도와 빠나나

손녀 시은이가 유치원에서 요즘 한창 영어 교육을 받는 모양이다.

며칠 전 집에 왔을 때 토마토를 썰어서 주면서 "시원하게 얼린 거다. 도마도 먹어라." 했더니 하는 말이 가당찮다.

"할머니, 도마도가 뭐예요? 토마토지."

또 바나나를 까서 주면서 "옜다. 빠나나." 했더니, 역시나 한 마디다.

"빠나나가 아니고 바나나잖아요. 할머니 순 엉터리!"

몇 번 들었던 터라 나도 조금 심통이 났다.

"예끼! 너한테는 바나나지만 할머니한테는 빠나나란 말이다."

"그런 말이 어디 있어요. 바나나는 누구한테라도 다 바나나란 말이에요!"

손녀의 말대로 발음을 고칠까 하다가 다시 생각해 보았다. 사람은 세대에 따라 말의 차이가 있으며, 그것에 대한 배려를 가르쳐주는 것이 기본예절을 가르치는 게 아닐까.

세대에 따라 지역에 따라 그리고 직업에 따라 각각의 고유한 문화가 있는 법. 그것을 무시하거나 얕잡아 보는 것은 결코 좋은 생각이 아니다. 표준말을 쓰는 사람이 지방의 사투리를 흉본다면 우주선 만드는 기술자라 해서 자동차 만드는 기술자를 얕잡아 보는 것과 다를 게 무언가.

예를 들어 경상도 할머니가 고구마를 '고매'라고 발음한다 해서 그것을 고치려 드는 것은 무의미한 일일 것이다. 할머니에게 '고매'는, 보릿고개에 대식구가 둘러앉아 한 끼를 해결하던 눈물 나는 정서적 음식인 게다. 세상이 바뀌었으니 고구마로 발음하라는 것은 그 할머니의 옛 추억을 박탈하는 것이나 다름없다는 생각이 든다.

비록 탯말이나 잘못된 외국어 발음이라 하더라도 그것에 얽힌 추억은 소중한 것이다. 그것을 표준 발음으로 고치려 든다는 것은 나이 든 세대의 영혼을 고쳐놓겠다는 것이나 진배없다. 유치한 변명인지는 모르겠지만, 그런 발음은 틀린 발음이 아니라 세대에 따라 달라지는 그저 '다른 발음'일 뿐이다.

지금 내게 바나나 혹은 토마토라고 가르치는 손녀도 나중 제 자식에게서 달라진 발음으로 핀잔을 들을 수도 있을 것이다. 엄마가 토마토 혹은 바나나라고 발음하면 아마도 이렇게 말하지 않을까.

"엄마, 토마토가 아니라 터메이토우, 바나나가 아니라 버내너예요. 따라 해보세요!"

아직 우리나라는 일상 언어에서나 한글 문장에서 그런 발음을 쓰지는 않는다. 그러면 지금의 아이들 토마토 발음도 분명 표준에서 벗어난 것이다. 그리고 그렇게 굳어져 늙을 때까지 사용하게 될 것이다. '터메이토우'에 천시당하면서 말이다.

아이가 그런 말을 자주 쓰다 보면 어른들은 틀렸다는 마음이 생길 수도 있다. 낮잡아 보는 마음이 들기 시작하면 그것은 잘못 자란 덩굴식물처럼 휘감아 뻗어 오르게 된다. 실제로 요즘 그런 작은 지식을 알았다고 해서 부모나 조부모를 핀잔하는 아이들이 적지 않다는 것이다.

젊은이들이 고구마를 '고매'라고 발음하는 할머니를 엉터리라고 얕잡아 본다면 그 할머니에 대한 공경심은 사라진다. 언어란 시간에 따라 변하는 것이며 탯말이든 사투리든 그 세대에게는 소중한 추억과 정서가 담겨 있는 것이라고 알려준다면 어른을 대하는 마음이 달라지지 않을까.

말은 생각을 담는 그릇이다. 말의 옳고 그름이 어디에 있는지를 가르칠 때 생각의 옳고 그름을 가르치는 일이 된다. 발음의 옳고 그른 차이가 아니라 옛 사람들의 발음 이면에 담긴 의미와 할머니 세대와 어머니 세대 그리고 아이들의 세대가 어떻게 다른지를 가르치는 것이 중요하다.

나는 오늘도 '빠나나' 껍질을 벗겨 시은이에게 주면서 말했다.

❀ 생각을 겨냥한 총

"옜다! 빠나나!"

또 눈을 삐딱하게 뜬다. 그러거나 말거나 우리 세대를 살아온 사람들에겐 '빠나나'이다. 나는, 아직은 내 사랑하는 손녀에게 '터메이토우'와 '버내너'를 먹일 생각이 없다. 할머니 시대의 정이 담뿍 담긴 도마도와 빠나나를 먹이고 싶을 뿐이다.

생각을 겨냥한 총

언제가 책에서 읽었던
이야기다.

독일의 철혈재상이라고 일컫던 비스마르크가 어느 날 친
구와 함께 사냥을 가게 되었다. 그런데 친구가 발을 헛디뎌
그만 늪에 빠지고 말았다. 친구는 빠져나오려 노력하지 않
고 손을 내밀며 살려달라는 소리만 지르고 있었다. 이미 목
까지 빠져버린 그는 살아야겠다는 의지를 상실한 채 오로
지 구조해주기만을 바라고 있었던 것이다. 잠시 생각하던

비스마르크는 갑자기 총을 들어 친구의 머리를 겨누었다. 그리고 말했다.

"자네를 건지려고 내 손을 내밀었다가는 나까지 빠져 죽을 걸세. 그렇다고 그냥 두면 고통만 당하다 죽을 텐데 이는 친구의 도리가 아니니 내가 자네 머리에 총을 쏘아 고통을 덜어주겠네. 부디 저승에 가서도 내 우정을 잊지 말게나."

비스마르크가 실탄을 넣고 방아쇠를 당기려는 시늉을 하자 깜짝 놀란 친구는 필사적으로 허우적거렸고, 다행히 늪 가장자리까지 나올 수 있었다. 그제야 비스마르크는 손을 내밀어 그를 끌어올렸다. 항의하는 친구에게 "내 총이 겨냥한 것은 자네의 머리가 아니라 자네의 생각이었네."

살아가면서 누구나 한두 번은 수렁에 빠지기도 한다. 나 역시 어려운 상황을 여러 번 겪었다. 지난해에는 정말 깊은 수렁에 빠지고 말았다.

가족과 함께 운영하던 사업체에 문제가 생긴 것이다. 크지는 않았지만 거기엔 우리 가족의 생계는 물론, 손주들 미래의 꿈이 담겨 있었다.

가진 것을 모두 잃게 되었다는 두려움이 엄습했다. 그러나 시간이 흐르면서 재산상의 손실은 아무것도 아니라는 것을 깨달았다. 사업체가 넘어가고 집이 넘어갈 때만 해도 앞으로 어떻게 살 것인가가 당장의 두려움이었지만 현실적으론 그 후가 더 문제였던 것이다.

채권자들이 몰려오는가 싶더니 어느 날인가는 집 앞에 장송곡을 틀었다. 그제야 깨달았다. 잃은 것은 재산뿐만 아니라 나와 관계된 모든 것, 가까운 인연과 수십 년간의 추억까지 몽땅이었다는 것을.

채권자를 만나게 될까 두려웠고 심지어는 위로해주는 사람들조차도 만나는 게 겁이 났다. 내 스스로 감옥 아닌 감옥에 두어 달 갇혀 지내다가 초주검 상태로 집을 떠났다. 경기도에 있는 친척집에 봇짐을 풀어놓고 다락방에 몸을 눕히니 비로소 숨이 내쉬어졌다.

빈손으로 할 수 있는 건 아무것도 없었다. 나는 문학마저 버려야 했다. 가진 모든 것을 잃고 이웃과 친구를 잃고 추억도 잃은 터에 내 삶의 등불 같던 문학까지 잃는다는 건 내게 죽음이나 다름없었다.

　전화번호를 바꾸고 1년 가까이 칩거했다. 희망을 완전히 상실해 버린 그 상태가 얼마나 더 오래 계속될지 알 수 없는 상황에서 뒤늦게 소식을 들은 문우들로부터 메일이 오기 시작했다. 한 동인은 남편과 함께 당신 집에 와서 기거하라며 가슴 찡한 초대까지 해주었다.

　그러던 어느 날 존경하는 선배의 따가운 질책을 받고 정신이 번쩍 들었다. '지금 당장 할 수 있는 것부터 다시 시작하라! 당신보다 어려운 사람이 얼마나 많은데…….'

　그랬다. 가진 것을 모두 잃었지만 아무도 내게 문학마저 놓으라고는 하지 않았다. 문학은 내게 마지막 보루이며 정신적 자산이었던 것이다.

　마음을 추스르고 용기를 내어 문단에 얼굴을 내밀었다. 적어도 이곳에서만은 예전과 달라진 게 없었다. 달라졌다고 생각한 것은 순전히 내 생각일 뿐이었다.

　이후 활력을 찾으면서 일도 조금씩 풀려가기 시작했다. 고향에 남아서 재기를 위해 동분서주하던 남편은 다시 일을 시작했다. 나도 집으로 돌아왔다. 모든 것이 옛날 같지는 않지만 적어도 늪에서 빠져나온 것은 분명했다.

머리가 아니라, 생각을 겨냥했던 비스마르크는 얼마나 지혜로운 사람인가. 절망하는 사람은 자신에게 주어진 그 현실이 가장 최악의 늪이라고 생각한다. 그러나 그보다 더 깊은 늪에 빠지는 사람도 많다. 힘들 때 자신에게 닥친 어려움보다 더 큰 어려움을 겪는 사람을 생각해본다면 그것이 바로 비스마르크의 총은 아닐는지.

❀ 생각을 겨냥한 총

디지털 치매

고민거리가 생겼다.

초기 치매 증상 같아 불안하다. 고혈압·당뇨·암 그리고 치매 등은 가족력이 있을 때 이환罹患할 확률이 높다지 않던가.

알츠하이머로 몇 해를 병상에 계셨던 친정어머니가 생각나 MRI검사라도 받아야 할지 갈등 중이다. 무슨 말을 하려다가 잊어버리는 것은 물론이고, 사물의 이름 같은 고유명사가 잘 생각나지 않아 '그것' 혹은 '저것' 등, 지시대명사로 어림잡아 가족들을 답답하게도 한다. 물건을 가지러 가다가도 잊어버리고 예전에 기억했던 전화번호와 노래가사도 기억나지 않는다. 또 어쩌다 외출이라도 하는 날이면 휴대폰을 찾는다고 야단법석이다.

어제만 해도 그랬다. 한 시간 거리에 있는 아들네 집에 들렀다가 재래시장에서 반찬을 사고 집으로 왔는데 휴대폰이 없는 게 아닌가. 며늘애에게 전화를 하려다가 순간 멈칫하고 말았다. 전화번호가 전혀 생각이 나지 않는 것이다. 이런 낭패가!

언젠가 들었던 이야기가 생각났다. 나와 비슷한 증상이 20대 젊은이들에게서도 볼 수 있다는.

디지털 시대로 접어들면서 많은 게 편리해졌다. 휴대폰에 번호를 저장해두니 전화번호를 외울 필요가 없고, 노래방에서는 자막이 뜨니 가사를 외우지 않아도 된다. 그러다 보니 과거에 기억했던 전화번호나 가사를 잊어버리고 말았다. 뇌에서 처리하던 암기와 연산을 기계에 의존하다 보니 그 기능 자체가 퇴화한 것이다. 기기의 발달로 편안한 삶을 누리게 되었지만 대신 두뇌가 녹슬고 있다는 것을 왜 몰랐을까.

인터넷으로 디지털 치매 증세를 검색해 보았다.

▶ 외우고 있는 전화번호는 집과 가족이 전부이다.
▶ 손으로 글씨를 쓰는 것보다 휴대폰 문자 메시지나 키
   보드 입력이 더 편하다.
▶ 가사를 보지 않고는 끝까지 부를 수 있는 노래가 한두
   곡뿐이다.

바로, 나를 두고 한 말이지 않은가. 내가 디지털 치매?
그렇지만 디지털 치매는 좋아질 수 있다니 그나마 다행이
다. 대신 현재의 생활방식을 바꾸지 않는다면 증세는 심해
질 터이다.

사실 잊고 싶은 일들도 많다. 가정환경이 불우하고 미래
가 불안했던 청소년 시절의 아픈 기억들, 살아오면서 이 사
람만큼은 좋은 사람이라고 생각했는데 배신당했던 일들,
사업을 하다가 실패해 가족 모두가 뿔뿔이 흩어져야 했던
일들은 두 번 다시는 떠올리고 싶지 않다.

하지만 그런 기억 없이 낙원 같은 인생을 살아온 사람이 얼마나 되겠는가. 누구에게나 힘든 시절은 있고 슬픈 기억은 있는 법이다. 나이가 들면서는 오히려 슬픈 기억이 있기에 좋은 기억은 더 좋고, 아픈 기억이 있기에 작은 기쁨에도 행복해 할 수 있는 것 아닐까.

인생은 소중한 사람, 소중한 인연들을 기억하고 사는 일이다. 내 사랑하는 사람들, 소중한 가족들을 잊지 않으려면 치매만큼은 걸리지 않았으면 좋겠다.

이번에 휴대폰을 찾게 되면 수첩에 전화번호를 꼭 적어 두고 가족들 번호만이라도 외워야 할까 보다. 내친김에 좋아하는 노래 몇 곡도. 또 신문이나 잡지를 꼼꼼히 읽고 메모하는 습관이 디지털 치매예방에 좋다니 부지런히 메모도 해야겠다. 기억을 담당하는 뇌의 해마는 쓰면 쓸수록 그 세포가 증가한다지 않는가.

최첨단 과학기술의 발달로 우리의 생활은 한결 수월해졌다. 그러나 너무 믿고 의지하다간 나처럼 낭패 보기 십상이다. 건강을 위해 운동이 필요하듯 '뇌 운동'도 열심히 해야겠다. 디지털 치매에서 벗어나기 위해!

사투리

 들어 TV에 사투리와 관련된 프로그램이 가끔 방영되곤 한다. 나는 동병상련同病相憐 때문인지 그런 프로를 즐겨본다.

사투리가 재조명되고 있다는 것은 반가운 일이 아닐 수 없다. 사투리는 어머니의 숨결이 느껴지는 탯말로서, 그 지역의 정신과 문화가 살아 숨쉰다. 나는 사투리 때문에 속상했던 적이 한두 번이 아니다. 내 발음은 거제도가 고향인 전직 대통령과 비슷하다. 억양이 세고 투박한데

다 발음 또한 부정확하다. 그래도 오십여 년은 별 문제
없이 살아왔는데, 손녀를 보고부터 고민이 싹트기 시작
했다.

언젠가 다섯 살배기가 시를 암송하는 것을 들었는데 얼
마나 깜찍하고 귀엽던지 내 손녀도 그 애처럼 시낭송을 잘
하는 아이로 키우고 싶었다.

손녀가 네 살 적 일이다. 하루는 손녀 지윤이에게 동화를
읽어주고 있었다. 옆에서 듣고 있던 며느리가 잠깐 보자더
니 조심스럽게 말했다.

"어머니! 어머니는 책 읽어 주면 안 되겠어요. 애가 가끔
동화책을 읽을 때 할머니 발음을 따라 하더라구요……."

며느리는 아주 조심스럽게 애기했지만 나는 충격을 받았
다.

그런 할미의 심중을 아는지 모르는지 지윤이는 나만 보
면 동화책을 읽어 달라며 떼를 썼다. 거절하지 못해 읽어
주다가 손녀에게 읽히기도 했는데, 정말 내 발음을 따라하
는 게 아닌가. 틀렸다며 주의를 줬지만 결과는 마찬가지.
아뿔싸! 이 일을 어떻게 한담.

「바닷게」 이야기가 생각났다. 새끼게에게 걷는 법을 가르쳐주던 아빠게는 새끼가 똑바로 걷지 않고 자꾸 옆으로 걸어가자 호통을 친다.

"야 이 녀석아, 옆으로 걷지 말고 나처럼 앞으로 걸으라니까!"

아빠를 쳐다보던 새끼게는 "어! 아빠도 옆으로 걷잖아요?"

나 역시 아빠게처럼 잘못을 인정하기는 싫지만, 증거가 있으니 어쩌랴.

나는 대화 중에 사투리가 툭툭 나온다. '퍼뜩 온나.' '갈키 주꾸마.' '단디 해라.' '내사 괜안타.' '밥 묵었나?'……

한번은 흉허물 없는 후배에게 정겨움의 표시로 '문디' 라는 표현을 썼다가 의절당할 뻔했다. 충청도가 고향인 후배에게 '문딩이 아이가?' 했다가, 충청도에서 알고 있는 것하고는 함축된 의미가 다르다는 설명을 해주고서야 오해가 풀렸다. 통영에서 태어나 이곳을 떠나 본 적 없어 사투리가 심한가 생각해보니 그건 아니다. 유독 다른 이들에 비해 내가 더 심한 것이다.

다시 먼 길 떠날 준비를 하며 🍀

사투리 때문에 글을 쓸 때도 어려움이 많다. 비표준어를 표준어로 바꾸기 위해 사전을 찾아가면서 꼼꼼하게 정서한다.

내가 제일 부러워하는 사람은 경상도 출신이면서도 방송에서 두각을 나타내고 있는 사람들이다. 외화 「6백만 불의 사나이」에서 더빙한 성우는 고향 사람이지만 표준어를 잘 구사한다. 그가 그렇게 되기까지는 뼈를 깎는 고통이 있었을 것이다. 또 MC 'K'도 대단한 사람이다. 경상도 특유의 발음으로 방송에서 그 정도의 위치까지 오르려면 남들의 몇십 배, 몇백 배는 노력했을 터이다.

방송에서 그들을 보면서 생각이 조금씩 달라지고 있다. 사투리 때문에 속상해하고 부끄러워만 할 게 아니라 언젠가는 구수한 경상도 사투리로 수필을 써야겠다는 생각이 들었던 것이다.

수필은 생활 속의 문학이다. 한 편의 수필에 그 지역의 풍경이나 사람 사는 모습을 구수한 사투리로 써내려가면 감동도 있을 것이다. 더군다나 사투리가 점점 사라져 가는 지금이 아닌가.

각자가 사는 지역의 사투리를 한 편의 글 속에 남겨 놓는
다면 후일 후손들에게도 괜찮은 우리 방언 유산이 되지 않
을까.

편지 쓰는 밤

*밤입*니다.

홀로 불 밝혀 책을 읽자니 창밖에 내리는 장맛비마저도
정겨운 느낌으로 다가옵니다. 조용히 책을 덮습니다. 돌아
보면 지난겨울은 너무 메말랐던 것 같습니다. 겨울바람이
쓸고 간 대지가 목마름으로 거칠게 갈라질 때 나는 내 젊음
이 부서져 나가는 것 같아 홀로 절망감을 삼키곤 했습니다.
푸르렀던 시간을 모두 탕진하고 삭풍이 이는 계절 끝에서
나의 인생의 간절함을 느꼈기 때문입니다. 마른 나뭇가지

끝에서 부는 바람 소리가 마치, 돌아올 수 없는 내 지난 시간들이 서러워 우는 것만 같았지요.

그래서인지 이 밤, 창문을 두드리는 빗소리가 그리 정겨울 수 없습니다. 이런 밤이면 누군가가 그리워집니다. 지금 이 고즈넉한 시간에 내 가슴에 차오르는 충만감, 그 느낌을 공유할 수 있는 사람이라면 누구든 상관없습니다.

참, 내가 왜 그 생각을 까맣게 잊고 있었을까요. 편지를 써야겠다는 것 말입니다. 한쪽 귀퉁이에 노란 꽃잎이 그려진 편지지를 꺼내어 펜에 잉크를 찍어가며 옛날처럼 누군가에게 편지를 써야겠습니다. 그보다 먼저 지난가을 솔바람에 말려둔 국화 꽃잎을 꺼내 따뜻한 차를 한잔 끓여야겠군요. 그리고 오래전 어딘가 넣어두었을 편지지를 내 앞에 놓아야겠지요.

긴 편지로 마음을 전하던 시절이 있었습니다. 아름다운 단어 하나, 문장 한 줄을 찾기 위해 밤늦도록 가슴을 저미며 편지를 쓰던 시절 말입니다. 그러나 언제부턴가 편지 쓰는 걸 잊고 살았습니다. 시대가 바뀐 거지요. 요즘은 전자메일로 간단하게 몇 줄 쓰고 아름다운 사진에 음악까지 곁들여

보낼 수 있지 않습니까. 하긴 그나마도 귀찮아서 나는 휴대 전화 문자로 몇 자 써서 보내기도 합니다만. 하고픈 말을 줄이고 줄여 쓰다 보면 글자가 망가지는 데도 개의치 않을 만큼 편지 쓰는 일에 무감각해진 것입니다.

밤을 새워 긴 편지를 쓰던 시절, 또박또박 쓴 편지들은 한 자 한 자가 정성이며 진실이 오고가는 아름다운 교감이 었습니다. 그렇게 쓴 편지라 해서 항상 누군가에게 전달되 는 것은 아니었습니다. 우리 젊었던 시절을 곰곰이 생각해 보세요. 시간을 들여 써놓고도 부치지 못한 편지가 얼마나 많았습니까. 우리 세대쯤 되면 그런 편지 한두 통은 누구나 가슴에 담고 있을 것입니다.

부치지 못한 그 편지는 실은 자신에게 쓴 편지입니다. 누 군가에게 막연하게 쓰는 편지, 그것은 감성이 풍부하던 시 절 아름다운 것을 동경하며 쓴 것이었습니다. 자신에게든 누군가에게든 펜을 들고 편지를 쓰는 순간은 행복감으로 가슴 뿌듯해집니다. 그런데도 나는 너무 오랫동안 그것을 접고 살았습니다. 내 가슴에 샘솟던 사랑과 아름다움에 대 한 동경은 다 어디로 가버렸을까요. 문자판을 두들겨 할 말만 전하는 것이 일상이 되어버린 요즘, 한 자씩 정성을 들이던 그 마음은 어디로 사라졌을까요.

두들기다 못해 망가진 글씨로 의사소통하는 내 아이들 또한 걱정이 됩니다. 그들이 편지의 깊은 의미를 알까요? 가슴 설레며 편지를 쓰는 사람의 애틋한 마음을 알지 못한다면 그건 행복 하나를 잃는 것이겠지요.

비가 많이 오려나 봅니다. 이 비가 그치면 태양은 뜨겁게 대지를 데울 테고 산과 바다는 젊음의 생기로 충만하겠지요. 나는 이제 그들과 함께 모험을 하고 사랑을 하고 찬란한 젊음을 즐길 시간은 지났습니다. 그러나, 그러나 말입니다. 비록 젊고 싱싱한 포플러 나무는 아니더라도 아직은 가슴속에 향기 은은한 국화 한 송이 피울 열정은 남아있답니다.

차를 끓여야겠습니다. 향긋한 국화차 한잔을 끓인 뒤 전등을 끄고 촛불을 밝혀야겠습니다. 빗소리를 들으며 촛불을 등대삼아 이 밤 편지를 써야 하겠습니다.

어릴 적 친구에게 편지를 써볼까요? 내일 아침 눈을 뜨면 그 편지는 부치지 못할 편지가 될 것이지만요. 그러면 어떻습니까. 오래전 책갈피에 접어둔 단풍잎 하나 우표 대신 넣어 봉한 뒤, 아득히 멀어진 내 소녀 시절로 띄우겠습니다.

긴긴 편지를 쓰면 그 시간만큼 행복하겠지요. 이 밤 빗소리가 내 꿈의 한 자락을 적십니다. 비가 그칠 때쯤, 혹시 먼 시간을 건너온 편지 하나 빛 고운 단풍처럼 내 가슴의 호수에 천천히 떠갈지 누가 알겠습니까.

민이와 선이

올케와 조카를 만나러 부산에 갔다. 내 손아래 올케는 아들 민이와 살고, 셋째 올케는 딸 선이를 데리고 재혼해 살고 있다.

그녀들은 손끝도 야문데다 심성 또한 착하다. 다만 여자 팔자 뒤웅박 팔자라더니 내 못난 동생을 남편으로 만나 박복한 여인이 되고 말았다. 그녀들을 생각하면 죄스러운 마음 떨치기 어렵다.

✿ 민이네

민이 엄마를 24년 만에 만났다. 그것도 동생의 장례식장에서. 어떻게 연락이 닿았던지 청년이 된 민이를 데리고 올케가 왔던 것이다. 민이는 얼굴도 기억 못하는 아버지의 빈소를 지키며 맏상제喪制 역할을 톡톡히 해냈다.

큰올케는 민이가 네 살 되던 해에 겨우 옷가지만 챙겨 친정으로 갔었다. 남편의 주벽과 구타를 견디지 못해서였다. 나는 동생의 주사酒邪가 나아지면 올케와 조카를 데려오리라 마음먹었는데 동생의 주사는 점점 더 심해져 갔다. 어영부영하다 보니 세월은 흘렀고 젊은 그녀가 혼자 살진 않으리란 생각에 찾아볼 생각을 하지 않았던 것이다.

별명이 진드기였다는 민이. 엄마마저 자신을 버릴까 싶어 항상 꽁무니만 졸졸 따라 다녀 그런 별명이 붙었다는 게 아닌가. 한번은 친정부모의 성화를 견디다 못해 맞선을 보게 되었는데, 그것을 안 민이가 며칠째 음식을 입에 대지 않더란다. 남자라면 진저리쳐지는 판에 아들 핑계대고 팔자 고칠 생각은 아예 하지 않았다고 한다. 행상 등 안 해 본 게 없다는 올케의 손 마디마디는 거칠어 살아온 삶을 미뤄 짐작게 했다. 동생의 영정 앞에서 "살아생전 새끼 얼굴 한번이라도 보여줬으면 이렇게 한스럽지는 않을 텐데……."라며 통곡하는 그녀의 작은 어깨가 내 가슴을 더 시리게 했다.

부부가 뭐 길래, 폭력에다가 자식 부양까지도 떠맡긴 무정한 남편의 장례식에 와서 저렇게 울어준단 말인가.

✿ 선이네

큰올케와는 달리, 셋째 올케는 남편의 사랑을 듬뿍 받았었다. 이웃이 부러워할 정도의 금슬이었는데 선이가 첫돌이 되기 전에 동생이 사고로 세상을 뜨고 말았다. 올케는 혼자된 지 7년 만에 딸을 데리고 재혼했다. 상대는, 선이 외의 자식은 보지 않겠다고 약속한 이웃 청년이었다. 선이를 친자식처럼 아껴주며 명절 때마다 선이 친부의 묘소에 찾아간다는 새아빠.

그날 이후로 우리는 무언의 약속이나 한 것처럼 소식을 끊고 지냈다. 그게 서로를 위한 길이라 여겼던 것이다. 그런데 친정어머니가 돌아가셨을 때 빈소에 찾아온 게 아닌

가. 곱게 성장한 선이를 데리고. 그날, 어머니를 잃은 애통함과 조카를 만난 기쁨에 눈물범벅이 됐었다.

지난 설날 가족모임에 올케와 조카가 합류했다. 부모님도 안 계시고 남동생 둘도 이 세상 사람이 아니건만, 그래도 화기애애했고 사람 사는 집 같았다. 민이는 집안의 장손답게 분위기도 잘 맞췄고 사촌들과도 잘 어울렸다. 정말 피는 물보다 진했다.

민이와 선이는 친정집의 복덩이다. 씨앗만 뿌린 채 물과 거름 한번 준 적 없는데 선남·선녀 되어 하늘에서 툭! 떨어졌지 않은가.

나는 두 올케가 정말 고맙다. 섭섭하고 원망스러웠던 일들은 접고 핏줄을 찾아와주었으니 말이다. 사회의 구성원으로 제몫을 충실히 해내고 있는 조카들에게도 감사한다. 아비 없이 자라며 받았을 서러움들. 게다가 친정 식구들의 지청구를 들을 적마다 아버지에 대한 원망이 쌓였을 법한데도…….

선이가 문자를 보내왔다.

'고모! 오늘 만나서 정말 좋았어요. 항상 건강하셔야 해요. 고모, 사랑합니다.'

빨간 하트 이모티콘이 문자 사이사이에 끼여 활짝 웃고 있었다. 그것도 세 개씩이나.

이름뿐인 고모인데도 사랑한다니! 마음속으로 그동안 못다 한 사랑을 줄 수 있도록 노력하리라 다짐해 보았다. 아빠의 사랑만은 못하겠지만 고모의 사랑으로 그들 가슴의 상처를 조금은 다독여줄 수 있지 않겠는가.

가끔 만나 사람 사는 이야기를 주고받으며, 아이들의 가슴에 따뜻한 사랑의 토양을 만들어 주고 싶다. 우리는 피를 나눈 가족이니까.

다시 먼 길 떠날 준비를 하며

올해가 환갑이다.

가끔 생각하다가 기가 막혀 혼자 웃기도 한다. 내가 환갑이라고? 그런 일이 나에게도 일어날 수 있나? 까맣게 멀어 보이던 그 고개에 이미 내가 서 있는 것이다.

한 해를 보내고 새해의 기대로 북적거리던 거리는 언제 그랬냐는 듯 일상으로 돌아왔고, 사람들은 저마다 생업으로 바쁘다. 지금 내 마음은 내가 생각해도 놀라울 정도로 차분하다.

생각 나름이겠지만, 어떤 사람에겐 환갑이란 아무것도 아닐 수 있고 또 어떤 사람에겐 새로운 전환점이 되는 계기가 될 수도 있을 것이다.

한 해가 기울고 또 하루해가 기우는 이 저녁에 나는 차 한 잔을 들고 베란다에 앉는다. 저 아래 불빛들을 보면서 지나온 길과 아직도 가야 할 길을 생각해본다. 돌아보면 지금까지 걸어온 길도 만만치는 않았다. 결혼하고 아이를 키우며, 남편과 함께 사업을 일구며 수많은 고갯길을 넘어오지 않았는가.

이제 아이들은 다 컸다. 내 젊음의 시간들은 에너지를 다 해가고 있다. 그래서 환갑! 무언가를 정리하고 새롭게 시작해야 한다는 강박감 같은 것이 불현듯 나를 에워싼다. 무엇을 해야 할까가 아니고, 무엇을 할 수 있을까 때문이다.

생각해보면 물리적으로 바꿀 수 있는 것은 아무것도 없다. 내가 할 수 있는 게 있다면 나의 정신세계를 바꾸는 것이다. 지금까지 세상사의 언덕을 넘어왔다면 이제는 정신사의 언덕을 넘어가야 하리라. 지나온 모든 시간들을 잊고 새로운 길을 만들어 떠나야 하는 것, 그것이 내가 할 수 있는 일일 터이다.

젊은이들이 '미래'라는 배낭을 메고 여행을 떠난다면, 이제 나는 '나'라는 존재의 배낭을 메고 떠나야 한다. 그건 두려운 일이다. 만약 두려움을 극복하지 못해 주저앉아버린다면 인생은 바로 거기까지일 뿐이다.

알버트 카뮈는 '여행을 값지게 만드는 것은 두려움이다.'라고 단언했다. 그 말의 의미를 이제는 조금 알 것 같다. 아이가 태어날 때 우는 것은 세상이 두려워서라고 한다. 그것이 그 아이가 세상사를 헤치고 나갈 일생의 에너지가 된다. 살아가는 과정은 수많은 두려움을 극복하는 과정이 아니겠는가.

인간은 자연의 두려움을 극복하기 위해 세상을 만들고 문명을 발전시키며 살아왔다. 그러나 인간에게는 '자연'이라는 사실적 두려움도 있지만, '존재의 근원'이라는 관념적 대상에 대한 두려움도 있다. 이십 년 가까이 글을 쓰고는 있지만 나는 그저 그런 것의 표피만 더듬거리고 있을 뿐이다.

사람의 나이 환갑이라면, 보다 진지하게 존재에 대한 탐구가 필요한 시기일 것 같다. 현대 사회가 워낙 복잡하고 살아가는 방식도 그만큼 복잡하다 보니 그동안은 어쩔 수 없이 생활인으로서만 살았다. 허나 이제는 그것이 용납되기 어렵다. 내가 나를 용납할 수 없는 것이다.

어쩌면 내가 가고자 하는 길에서 아무것도 찾지 못할지 모른다. 여행은 목적지에 도착해서 무언가를 찾기보다는 떠나는 그 자체가 목적이다. 목적지는 단순히 떠나기 위한 변명일 뿐, 여행의 본질은 떠난다는 것에 있다. 여행을 떠나는 순간 사람의 마음가짐은 바뀌고 여행지에서 만나는 모든 사람과 사물들, 그리고 새로운 생각의 변화가 길 위에서 이루어진다. 이것 하나만으로도 여행은 떠날 가치가 있는 것 아닌가.

30대·40대·50대, 나이의 숫자만 달랐지 나는 늘 그 얼굴 그 생각으로 그 자리에 서 있었다. 단 한 발짝도 앞으로 나가지 못하고. 이건 내 인생에 대한 예의가 아니지 싶다.

이제 나는 두려운 길을 떠나려 하고 있다. 아직은 미망迷 홧에서 눈뜨지 못하고 주저주저하며 일상적인 생각을 넘어서지 못한 채. 그러나 떠나야 한다. 떠나야 만나고 떠나야 웃는다. 주변 경관들과 눈인사도 하고 말문도 트고, 강물 하나쯤으로 새로운 바다를 만나러 흘러도 가고 그래서 떠나야 한다. 10년 후, 70대가 되었을 때 지나온 60대를 후회하지 않으려면.

별을 쏘다

몇 해 전의 일이다.

고흥군高興郡에서 별자리를 분양한다는 신문기사를 읽었다. 나는 생각해볼 겨를도 없이 내 탄생별인 '바다염소자리'를 군 홈페이지를 통해 신청했다. 목성과 토성은 스무 개 남짓 분양하지만 바다염소자리는 일곱 개뿐이었다. 게다가 당첨자 우선순위 기준을 보니 첫째는 가족이 많아야 하고 둘째는 고흥군과 거리가 멀수록 유리했다. 짐작건대 강남의 물 좋은 어느 아파트보다도 경쟁율이 높을 터였다. 내

조건으로는 당첨될 확률이 낮을 것 같아 고심 끝에 신청서
에 편지를 곁들었다.

'저는 손녀들에게 재산보다는 별자리를 남겨 주고 싶습
니다.'

당첨자를 발표한다는 6월 내내 얼마나 가슴 졸였던가.
드디어 고흥군에서 우편물을 보내왔다. 등기권리증에 해
당하는 인증서를 받아들었을 때 온 천지를 소유한 듯했다.

'바다염소자리 델타별은 귀하의 소유임을 인증하고, 본서
를 교부합니다.'

나는 밤하늘에 빛나는 별 하나를 갖게 되었다. 동심 속의
영원한 꿈 하나를 이루게 된 것이다. 분양증서를 읽고 또
읽었다. 남편과 아이들에게 자랑스럽게 그 증서를 보여주
었다. 그런데 가족들의 반응은 시큰둥했다. 분양받았다는
게 하필이면 만져지지도, 먹을 수도, 대출 용도도 안 되는

것이니 흥미가 없을 수밖에.

그동안 나는, 밤하늘에 별이 떠 있는지조차도 의식하지 않고 살았다. 어린 시절 별을 보며 꿈을 키워왔던 그 반짝이는 희망들이 무수히 떠 있는데도 그때의 순수를 잊어버린 것이다. 설사 기억한다 한들 손에 쥘 수도 없는 별들에게 관심 쏟을 만한 여력이 솔직히 없었다. 그러기에 가족들의 그런 반응이 서운하지 않았다. 어차피 나만이 간직할 수 있는 마음속의 별, 그 별은 온전히 나만을 위해 빛을 발할 테니까.

그런데 손녀의 반응은 달랐다. 저녁나절에 집에 다니러 온 아이의 손에는 별 스티커가 들려 있었다. 지윤이는 내 침실 공간에 온통 야광별을 붙여 놓으며 이렇게 말했다.

"할머니! 예쁘지요? 불을 끄고 침대에 누워 보세요! 반짝반짝 빛나는 별이 보이지요? 저 별은 할머니 별, 저 별은 내 별이어요."

어른들의 마음속에서 사라진 별이 어린아이의 가슴속에서 반짝이고 있는 게 아닌가. 나는 손녀에게 '델타별'의 이야기를 해 주었다. 나의 별이지만 마음만 먹으면 너의 별도

될 수 있다는 이야기를 듣는 지윤이의 눈동자는 정말 밤하늘의 별처럼 반짝반짝 빛이 났다.

아이가 자라서 세상을 향해 첫발을 내디딜 때, 내가 간직한 '델타별' 이야기를 다시 해주어야지. 별을 가슴에 품고 꿈과 이상을 향해 나아가라고. 그런 희망을 갖는 것만으로도 난 얼마나 행복한가. 돈으로는 환산할 수 없는 귀하고 아름다운 별에 투자를 했고, 그것은 내게 벌써 행복이란 이자를 지불하고 있는 것이다.

세상 사람들에게 말하고 싶다. 지금 바로 별을 향해 그대들의 행복을 쏘아 올리라고.

봄을 향한 홀씨들

봄을 향한 홀씨들

다시 봄이다.

바람은 훈훈하고 태양은 따사롭다. 땅 위로 반 뼘쯤 솟아오르는 푸른 생명들을 보고 있으니 문득 지난가을의 풍경 하나가 그려진다.

지난해 11월, 바다가 내려다보이는 찻집에 앉아 있었다. 한순간, 시야가 부옇게 흐려지더니 싸락눈이 바람에 흩날렸다. 11월의 화창한 날씨에 눈이라니! 신기한 마음에 자세히 보았더니 싸락눈은 땅으로 내려앉는 게 아니라 낮은 산

언덕 쪽으로 날아가고 있었다. 그랬다. 그것은 눈이 아니라 홀씨였던 것이다.

솜털들은 무리지어 뒤쪽 언덕배기로 향했다. 자칫 바다나 보도블록 위에 떨어진다면 그들의 생명은 끝이다. 사력을 다해 척박한 땅일지라도 흙을 향해 날아가는 모습에서 경의가 느껴졌다. 잡초에 불과한 홀씨일지도 모른다. 그러나 그것은 우리 인간들의 관점일 뿐 각각의 개체들은 생존을 위해 전력투구하는 생명체인 것이다.

나는 산이나 들에서 만나는, 초록 들판이나 산자락을 뒤덮은 녹색의 생명에 감탄하곤 한다. 하지만 그것은 전체를 볼 때일 뿐 하나하나의 개체를 살펴보는 경우는 사실 드물다. 내게는 그냥 초록의 풀밭이거나 하나로 이루어진 싱그러운 풍경에 지나지 않았다.

그러나 가끔 신선한 충격을 받을 때도 있다. 이해할 수 없는 상황, 예사롭지 않은 풍경에서 삶의 짜릿한 자극을 받는다. 창틈 모서리의 작은 먼지 틈바구니에 뿌리를 내리고 노랗게 피는 작은 꽃. 아파트 베란다의 관상수 아래 용케 날아 들어와 움트는 이름 모를 풀. 찻집 마당의 오래된 돌

절구의 작은 홈에도 뿌리를 내리는 잡초를 보면서 생명과 생존의 그 집요함에 경의를 느끼는 것이다.

사람도 그렇지 않은가. 좋은 환경에서 태어나 아름다운 화초처럼 성장하고 세상에 첫발을 내디딜 때는 별 어려움 없이 시작한다. 그러나 척박한 환경에서 고난과 역경으로 시작해야 하는 새싹들. 그들이 그런 환경을 극복하고 자신만의 아름다운 꽃을 피우는 모습은 감동이 아닐 수 없다. 거기엔 생명의 존엄성을 일깨우는 격정의 드라마가 있기 때문이다.

최근 자신에게 주어진 능력의 한계를 극복하고 인간승리의 꽃을 피운 동계 올림픽 우리 선수단을 보며 즐거움을 만끽했다. 그들 나름대로는 가정적으로 불우한 선수도 있고, 풍요로운 환경에서 자란 선수도 있다. 가정환경의 풍요와 빈곤을 넘어 자신의 재능을 극대화하는 데 전력투구하여 좋은 결과를 얻기까지는 남보다 몇십 배 이상의 노력을 기울였을 것이다. 이 얼마나 아름다운 일인가.

그러나 국민적 열광 속에 스포트라이트를 받았던 동계올림픽 이후에 바로 시작된 동계 패럴림픽은 국민들의 관심

밖이었다. 신문이나 방송도 냉담했다. 동계 올림픽에 비하면 무관심에 가까울 정도다. 태어날 때부터, 혹은 그 이후에 어떤 이유로 그들은 장애인이 되었지만 불굴의 투지로 세계무대에 선 용감한 젊은이들이다. 홀씨 하나가 원하지 않았지만 차가운 시멘트 바닥에 떨어졌다가, 시멘트 사이의 한 줌 흙먼지에 뿌리를 내리고 마침내 꽃을 피우는 장엄한 드라마를 펼쳐 보이고 있는 것이다.

거친 바다 절벽 끝의 한 줌 흙에 뿌리를 내리고 고고한 자태를 뽐내는 해송을 보라. 해송이 뿌리를 내리고 그렇게 우아한 자태를 간직하기까지의 전 과정을 생각해보면 눈물겹지 않은가. 동계 올림픽에서 우리 선수들이 생각도 못한 금메달을 땄을 때, 한국의 남녀 등반가들이 히말라야 등반과 극지 등반의 기록을 세울 때 칼날처럼 전해오던 그런 전율이다.

그들이 거기에 도달하기까지의 역경을 우리는 잘 알고 있다. 삶의 감동은 바로 그런 것에서 오는 것.

오늘도 이 땅의 어딘가에는 창틈의 한 줌 먼지 같은 삶에 팽개쳐진 어린 새싹들이 자라고 있을 것이다. 홀씨가 봄을

기다리듯이. 그들의 인생도 아름다운 결실을 맺게 되기를
기원해 본다.

모래사장의 삽화 하나

서해안 길을 나섰다.

부안 쪽 해안을 끼고 고창의 동호해수욕장에 다다랐다. 명사십리라는 말 그대로 쪽빛 바다와 은빛 모래톱이 끝없이 누워 있었다.

파란 하늘 아래 하얀 파도와 만나는 백사장을 보니 소녀시절에 선생님 몰래 보았던 외국영화의 한 장면이 떠올랐다.

백사장 위를 달리는 빨간 랜드러버 안에서 한 쌍의 연인이 사랑을 속삭인다. 농밀한 키스 장면에 금세 내 얼굴은 달아올랐고, 누구에게 들킨 것처럼 가슴은 뛰었다. 언젠가는 나도 저렇게 아름답고 환상적인 장면을 연출해보고 싶었다. 아마도 그 영화를 본 이들이라면 누구나 꿈꾸지 않았을까.

나는 차 안에 앉아 영화의 장면들을 떠올리며 망상에 젖어들었다. 백사장 위에는 낭만의 흔적인 듯 어지럽게 교차된 바퀴 자국들이 선명하게 패여 있다. 그 자국을 바라보는 내 표정을 눈치챘던지 운전자는 갑자기 가속페달을 밟았고 차는 순식간에 백사장으로 돌진했다. 부드러운 양탄자 위를 걸어가는 듯, 뭉게구름 위를 떠가는 듯 몽롱한 기분이었다.

그러나 황홀함은 잠시, 모래를 힘차게 밀어내며 돌진하던 차는 어느 순간 모래톱에 빠져 헛바퀴를 돌더니 꼼짝도 하지 않았다. 빠져나오려고 하면 할수록 더 깊게 빠져들었다. 한 시간 내내 모래를 파내는 등 안간힘을 쓰다가 결국 응급서비스센터에 전화를 해야 했다. 견인차 기사가 와서 차를 안전지대까지 옮겨 주며 하는 말,

'하루에 두서너 번은 출동한답니다.'

나는 무안해지고 말았다. 젊은 사람들의 무모함이야 젊다는 이유로 받아들여지지만 우리 나이쯤 되는 사람이 앞뒤 분간 못하고 뭔 짓을 한 건가 하는 생각이 들었던 것이다.

그러다 생각을 달리해 보았다. 젊다는 것과 나이가 들었다는 것의 차이는 단순히 물리적 수치일 뿐이지 생각이나 감정의 차이는 아닐 듯했다. 나이가 들어간다는 것은 경험과 사회적 지식이 쌓여가며 현실적 판단력이 더욱 뚜렷해진다는 뜻이다. 따라서 삶의 현실적 조건들에 반응하며 가족과 자신이 원만하게 세상을 살아가며 경쟁하기 위해서 감정을 조절할 줄 알게 된다는 말일 것이다.

그러나 경험과 지식이 쌓이고 현실적 판단이 뚜렷해진다고 해서 사랑과 낭만 같은 인간의 감정이 사라지는 것은 아닐 게다. 다만 가슴 저 깊은 곳에 꼭꼭 감추어 두었을 뿐. 그러다 삶의 어떤 시점에서 감추고 있던 감정들이 순간적으로 불쑥불쑥 튀어나온다. 마치 땅속 깊은 곳에서 은밀하게 흐르던 용암이 지반을 열고 화산으로 솟구쳐 오르듯이.

생각을 겨냥한 총

인간의 내밀한 감정들도 나이와 관계없이 어느 순간 걷잡을 수 없이 터져나오는 것 말이다.

우리 민족은 겸손함과 더불어 감정을 절제하는 것을 미덕으로 여겨왔다. 사람의 나이 마흔을 넘으면 자신의 얼굴에 책임을 지라고 한다. 나이에 맞는 말과 행동을 해야 한다는 것이 우리가 받은 교양 교육이다.

그래서 나이에 맞게 행동하기 위해 끊임없이 감정을 절제하고 조심하게 된다. 하지만 이것은 나이 든 사람들에게 우울증과 소외감을 안겨주기 십상이다. 자신의 감정과 느낌을 있는 그대로 표현하지 못하면 사회와 인생에서 변방으로 밀려나는 느낌이 들고 우울증 또한 생길 수밖에 없다.

세상은 많이 달라졌다. 지금의 젊은이들은 예전보다도 훨씬 자신감 있게 자신을 표현한다. 다소의 무모함이나 만용이 있다 하더라도 타인에게 피해를 줄 정도가 아니라면 자신의 감정을 솔직히 드러내는 것이 좋다고 생각한다. 나이 든 사람도 다를 바 없지 않을까?

동호해수욕장의 넓고 푸른 바다와 금빛 백사장을 바라보

는 마음은 결코 나이와는 상관없는 것이다. 이제는 장년 노년 모두가 젊은이들 못지않게 자신을 마음껏 표현하며 살라고 권하고 싶다. 진정 인생이 아름답다고 말할 수 있는 것은, 자신의 감정을 마음껏 표출할 때 가능한 것 아니겠는가.

센 강변의 기억

나는 센 강변에 서 있다.

학창 시절 아폴리네르의 詩 「미라보 다리」를 즐겨 암송
했건만, 꿈에조차 생각지 못했던 그곳에 와 있는 것이다.
며칠 동안 버스투어를 하면서 눈길로만 바라보던 센 강.

어제 비로소 '바또무슈' 크루즈를 탔다. 고요하게 흐르는
강 양옆으로 고풍스런 중세 건축물이 즐비했고 강둑에는
담소를 즐기는 사람들과 춤추는 사람들로 활기가 넘쳤다.

자유분방한 그들의 모습에 나도 모르게 동화되어갔다. 스쳐지나가는 유람선에선 결혼피로연과 무도회가 한창이다. 서로 손을 흔들어 주며 환호했다. 오래된 이 도시는 자연 속에 녹아들어 이미 자연의 한 부분이 된 것 같다. 도시와 자연이 평화롭게 공존하는 곳에서는 인간의 심성도 여유롭고 평화스럽기만 하다.

이윽고 파리 만국박람회를 기념하기 위해 만든, 다리 중에서 가장 아름답다는 '안렉산드로 3세' 다리를 지났다. 조각상들이 금으로 도금되어 화려했고 그리스 신화에 나오는 여신들과 페가수스 상이 눈길을 끌었다. 예술의 도시답게 다리마다 개성과 특색이 있었으며 조각상은 그 자체가 예술품이었다.

이어서 영화 「퐁네프의 연인들」로 알려진 '퐁네프' 아래를 지났다. 퐁네프(Pont Neuf)는 16세기 후반에 건축되었으나 이름은 '새 다리'를 의미한다고. 지을 땐 새로운 다리였지만 어느새 가장 오래된 다리가 되고만 퐁네프처럼 고흐와 빅토르 위고, 모파상 등 예술인들 역시 사람들의 뇌리 속에 영원히 기억되리라.

루브르 박물관도 보이고 노트르담의 성당도 보였다. 불빛에 드러난 화려한 성당 안에 종지기 콰지모도와, 집시 처녀 에스메랄다의 환영이 나타났다. 에스메랄다가 핏빛 드레스를 입고 정열적인 춤을 추고 있다. 자세히 보려는 찰나, 사라져버렸다. 이룰 수 없는 그들의 사랑은 나를 슬프도록 황홀하게 한다.

어느새 고풍스런 건물들에 환하게 불이 밝혀졌고 에펠탑도 화려한 불꽃을 밤하늘로 쏘아올렸다. 그 불빛들이 닿는 곳엔 역사 속의 비극적 사랑이야기가 하나하나 새겨져 별로 떠 있을 것만 같다.

한 시간여, 강변의 야경을 감상하고 콩페랑스 항구로 돌아왔다. 낭만과 사랑이 출렁이는 센 강. 다양한 인종에 다채로운 표정들이 도시에 생기를 더해 준다는 생각을 하며 잠자리에 들었다.

드디어 오늘 나는 센 강변을 거닐고 있다.

이번 여행길에 퐁네프와 미라보 다리만큼은 꼭 거닐어보고 싶었다. 하여, 그 유명한 오르세 미술관의 작품을 반만

감상하고 일행들과 떨어져나왔다. 세계적인 예술품 관람을 포기하고 나오면서도 발걸음은 가벼웠다.

내게 주어진 황금 같은 두 시간. 미라보 다리는 포기하고 걸음을 재촉하며 퐁네프로 향했다. 퐁네프 다리에는 앙리 4세의 기마상이 오고가는 이들을 굽어보고 있었다. 나는 반원형의 난간에 앉아 영화 속 장면을 떠올려 보았다.

공사 중인 퐁네프 다리에서 살아가는 한 남자는 그곳을 찾아들어온 여자에게 사랑을 느끼게 된다. 어느 날 그는 쪽지를 써서 여자에게 건넨다.

'나를 사랑한다면 하늘이 하얗다고 말해줘. 나는 구름이 검다고 말할게.' 정말 멋진 대사이지 않은가.

옆 벤치에서 연인들이 진한 키스를 나눴다. 그들도 하늘은 하얗고 구름은 검다고 해서 만나게 되었을까. 나도 영화 속의 미셸처럼 '그래요. 하늘이 하얘요.' 라고 입속으로 중얼거렸다. 마치 누군가가 구름이 검다고 말해주길 기다리는 사람처럼.

다리는 만남을 의미한다. 센 강의 다리에서 많은 영화가 촬영된 건 아마도 그 때문일 것이다. 「파리에서의 마지막 탱고」,「도쿄타워」그리고「세스 앤드 더 시티」의 마지막 장면은 센 강 다리에서의 키스신으로 끝을 맺는다. '예술의 다리'로 갔다. 다리 위에서 루브르 박물관도 찍고 프랑스 학사원도 찍고 강둑에서 밀어를 속삭이는 연인들도 찍었다. 사진작가처럼 열심히 셔터를 눌러댔다.

센 강변에 서니 연출가가 되고 배우가 됐다. 화가가 되고 사진작가도 됐다. 나는 낭송가처럼「미라보 다리」를 암송했다.

> 미라보 다리 아래 센 강은 흐르고/우리들의 사랑도 흘러간다/
> 기쁨은 언제나 고통 뒤에 오는 것을/나 또한 기억하고 있나니//
> 밤은 오고 종은 울리는데/세월은 흐르고 나는 여기 머문다(하략)

아폴리네르는 사랑하는 연인이자 화가였던 마리로랑생과 이별한 후 이처럼 아름다운 시를 남겼다. 사랑과 예술은 어쩌면 동의어인지도 모른다. 파리가 아름다운 것은 인간의 영원한 서정, 사랑과 예술을 도시가 가득 품고 있기 때문이리라.

강은 흘러간다. 사랑과 슬픔과 환희를 싣고 센 강은 어느 새 내 가슴 깊은 곳에 도도하게 흐르고 있다.

바람 이는 풍차를 그리며

파리의 몽마르트르 언덕.

오래전 「바람 이는 풍차」와 「몽마르트르의 풍차」 그림을 접하면서 그곳은 내 동경의 대상이 되었다. 그림 두 점에 불과했지만 풍차를 가만히 들여다보고 있으면 내 심연 속의 풍경을 보는 것 같은 느낌이 들었기 때문이다. 소녀 시절의 방황하던 여린 감성, 살아오면서 느꼈던 절망과 암울함과 삭막했던 감정의 공간을 그대로 표현한 것 같아 강렬

한 그 무엇에 끌렸던 것이다. 스산함마저 느껴지는 시골이지만 풍차가 주는 이미지는 한 줄기 희망의 빛이었다.

얼마 전, 파리행 비행기를 타면서 '막연하게' 그리워했던 곳으로 간다는 생각에 가슴이 설렜다.

파리에서의 마지막 날, 시내에서 가장 높다는 해발 129m의 몽마르트르에 갔다. 버스에서 내리니 제일 먼저 언덕 위의 사크레쾨르 성당이 보였다. 경건한 마음으로 계단을 올랐다. 시원한 바람에 목덜미를 맡기며 시가지를 내려다보았다. 맑고 푸른 하늘 아래 파노라마처럼 펼쳐진 파리는 그 자체가 한 폭의 명화였다.

사크레쾨르 대성당은 파리 시민들의 모금에 의해 40여 년 만에 완성되었다고 한다. 타원형의 돔과 그리스도의 생애를 담은 청동 문, 그리고 실내 스테인드글라스가 빛을 투과하며 표현해내는 신비로운 분위기에 나도 모르게 머리가 숙여졌다.

백색성전에서 나와 왼쪽 가파른 골목길을 올라가다 보니 화가의 거리, 테르트르 광장이 나왔다. 19세기 후반 고흐와 피카소·마네를 비롯한 화가와 시인들이 머물던 곳이다.

당시 이곳은 파리에 막 편입된 외곽으로 물가가 저렴하여 가난한 예술인들이 모여들었다고 한다. 지독한 가난도 예술에의 열정은 꺾을 수 없었나 보다.

나는 오래전부터 해보고 싶었던 일이 있었다. 몽마르트르 언덕에서 초상화를 그려보는 것이다. 드디어 거리의 화가 앞에 섰다. 샹송이 흘러나올 것만 같은 테르트르 광장에서 「바람 이는 풍차」를 생각하며 초상화를 그렸다. 우리 돈으로 삼만 원 남짓.

이어서 「파리여행기」 책 안내를 따라 동네 초입에 위치한 로댕의 초창기 작업실을 둘러보았다. 앞면이 통유리로 보수되었고 누군가의 작업실로 쓰이는 듯했다. 동네 중간쯤 오르다 보니 가수 '달리다'의 여신상도 있었다. 그녀는 미스 이집트로 뽑혔을 만큼 뛰어난 미모였다. 영화배우와 샹송 가수로 사람들의 사랑을 받았다고. 세계적인 스타로서 많은 것을 누렸던 그녀에게도 비운은 따랐으니 사랑했던 남자가 목숨을 끊었고, 그녀도 그 길을 따랐다. 비틀즈나 엘비스 프레슬리 못지않은 인기를 누렸으나 쓸쓸한 최후를 맞은 '달리다'. 몽마르트에 있는 그녀의 묘지에는 지금도 추

모객의 발길이 이어지고 있다고 한다.

또 언덕 아래 무랑루즈의 전설 속에는 화가 '툴루즈 로트렉'의 슬픔도 배여 있었다. 그는 귀족 집안의 외아들로 태어났지만 희귀병으로 다리를 절었고 152센티의 단소短小였다고 한다. 백작은 그런 그를 아들로 인정하지 않았고, 상속권마저 누이에게 주고 말았다. 그에게 남은 것은 오직 그림뿐. 그의 이름이 세상에 알려지게 된 것은 예술의 경지로 끌어올린 무랑루즈의 포스터와 간판들이었다. 그는 주로 여가수와 댄서들처럼 소외된 사람들을 그렸는데, 그들의 웃음 뒤에 가려진 고뇌와 애수를 통해 자신의 아픔을 표현한 것은 아니었을까. 또 작품 속의 여성들을 화려하게 표현한 것 또한 자신의 육체적 불행과 정신적 갈등을 위로받고자 함이었을까.

'예술가는 태어난 곳은 다르지만 결국 파리에 묻힌다.'는 말처럼 이곳에 이름을 남긴 예술인들이 많았다. 낭만의 도시 파리, 그리고 몽마르트르에.

나는 역사의 손때가 묻어 있는 노천카페에 자꾸 눈길이 갔다. 백여 년 전 고흐와 로댕, 피카소를 비롯한 많은 예술인들이 저곳에 앉아 인생과 사랑과 예술을 논하였을 법한 카페. 나는 그곳에 앉아 도수 높은 압생트 대신 커피를 시켰다. 어디선가 풍차 돌아가는 소리가 들리는 것 같아 귀를 기울였다. 빈센트 반 고흐의 「바람 이는 풍차」가 머릿속에 그려졌다.

조금은 우울해보이고 삭막한 동네의 정적인 풍경 속에 하늘을 향해 침묵하고 있는 커다란 풍차를 그리면서 고흐는 무슨 생각을 했을까. 가까웠던 친구는 떠나고 삶은 피폐할 대로 피폐해져 결국 자신의 귀를 잘라버렸던 천재는, 풍차의 형상에서 생의 마지막 희망을 구하려 했던 것은 아니었을까.

고흐가 희망을 갈구하던 몽마르트르에서 나는 그가 남긴 희망의 풍차를 돌렸다. 온 가슴에 바람이 일고 온몸으로 서서히 받아들였다.

내 삶의 휴휴당休休堂

덕유산으로 간다. 그 능선 아래 휴휴당이란 옥호屋號를 가진 한옥에서 하루를 쉬며 몸과 마음의 휴식을 얻기 위함이다.

당주當主가 3년 동안 손수 지었다는 한옥. 한옥에서의 하룻밤도 가슴 설레지만 덕유산의 넉넉함이 키워내는 키 큰 나무와 들풀들 그리고 숲에서 노래하는 새들과 어울려 하루만이라도 자연인이 되고 싶다. 세월의 더께를 뜨끈뜨끈한 온돌방에 지져내고도 싶다.

해발 520m에 위치한 휴휴당. 늦은 밤에 그곳에 도착하니 손에 잡힐 듯 별들이 서로 앞 다투며 등을 밝혀 준다.

댓돌 위에 신발을 가지런히 벗고 대청마루로 들어선다. 나무의 결과 휘어짐이 그대로 살아있는 대들보와 마룻대를 보는 것만으로도 옥죄던 문명세계를 탈출한 듯한 행복감에 젖는다. 창호지 바른 문과 황토 벽엔 자연의 속삭임이 담뿍 배여 그들만의 대화를 주고받는다.

비와 바람과 햇살을 가득 머금고 있는 홍송紅松. 홍송으로 만든 문에선 솔향이 풍긴다. 바람이 나뭇가지를 흔들며 지나간다. 처마 끝에 아스라이 매달린 풍경風磬에서 청아한 소리가 난다.

아! 풍경소리. 내 마음의 물결소리.

나는 풍경소리가 듣고 싶어 아파트 현관에 그것을 걸어 놓았지만 한 번도 제대로 된 소리를 듣지 못했다. 당연한 일이다. 자연 속의 바람이 때맞춰 흔들어 줘야지 사람이 오가면서 흔드는 소리가 온전할 턱이 없지 않은가.

밤새 풍경소리를 들으면 내 작은 소망 하나는 이룬 것. 산천초목도 잠든 으스름달밤에 홀로 풍경소리를 듣는 일은 내게 있어 하나의 축복이다.

여닫이문을 열고 하늘을 우러러본다. 팔을 뻗으니 손안에 별이 들어온다. 개똥벌레처럼 손에 잡힐 듯 잡힐 듯 깜빡이는 별들이.

온돌방에 허리를 뉘니 풍경소리가 또 들려온다. 나는 아득한 시간을 지나 신화의 언덕으로 간다. 온갖 번뇌를 떨쳐내는 그 잔잔한 떨림이 계속 전해진다. 쉬지 않고 달려온 길이다. 남들보다 두 걸음 쳐질까 봐 한숨 돌릴 여유도 없었다. 이제 흙과 공기, 물과 불, 별을 바라볼 때이다. 별이 그리운 건 사람이 작은 별이기 때문이라 했던가.

밤새 풍경소리를 듣는다. 풀잎 소리, 개울물 흐르는 소리, 새들이 지저귀는 소리가 들린다. 풋사과가 익어가고 참새가 날고 곡식이 익어가는 향긋한 시간. 풍경소리엔 사계가 있고 철학이 있다.

밤을 고스란히 지새웠지만 몸은 날아갈 듯 가볍다. 작은 새들처럼 영혼을 새벽 기운에 멱 감았기 때문인가.

창살 속으로 환하게 펴져오는 햇귀! 한옥의 아름다움은 창에만 머물지 않는다. 대청 문을 활짝 여니 자연이 그려내는 풍경화가 다가선다.

햇빛신부에 이끌려 마당으로 나간다. 비상할 듯 유려한 곡선의 처마와 햇빛을 집 안으로 들이고 바람의 통로가 되어주는 마당을 보니 가슴이 시원하다. 담장 대신 손때가 묻어 있는 장독들로 한국미를 연출하고 있는 당주의 재치를 엿본다.

누가 알은체한다. 뜬눈으로 밤을 지새우게 한 바로 그 풍경이다. 맑고 명징한 음으로 내 영혼을 씻고 씻어준다. 산자락에 비록 잔설이 남아있지만 그 아래 숲에서 생명들이 소곤거리는 소리가 들린다. 마당에 있는 유실수들도 새순을 틔울 준비가 한창이다. 군불 지필 때 나는 톡톡거리는 소리와 굴뚝을 휘돌아 나오는 알싸한 연기가 봄을 재촉한다.

모처럼 안식을 맛본다. 휴휴당은 말 그대로 몸과 마음이 쉬어가는 곳이다. 나는 가슴 가득 자연을 품고 집으로 간다.

현관문을 여니 명쾌한 소리가 들린다. 풍경소리다. 어제의 묵직했던 소리보다는 한층 밝고 경쾌하다. 거실 가득 산수화가 병풍처럼 펼쳐진다. 산도 있고 숲도 있고 날짐승과 들짐승도 있다. 이 마음을 오래 간직하고 싶다.

내 사는 곳 여기, 사랑하는 가족이 있고 이웃이 있는 이 곳 또한, 평화로운 휴휴당인 것을.

일체유심조一切唯心造! 만물은 마음먹기 달렸음을 비로소 깨닫는다.

한국의 쉰들러 리스트

얼마 전 티브이에서 한 국판 쉰들러의 소식을 접했다. '쉰들러'란 이름을 듣는 순간 오래전에 보았던 영화 「쉰들러 리스트(Schin dler's List)」가 떠올랐다. 실존인물인 '오스카 쉰들러'의 휴머니즘에 감동 받아 몇 번을 보았던 터라 영화 속의 화면이 자연스럽게 눈앞에 떠오른 것이다.

2차 세계대전 당시 독일군이 점령한 폴란드의 어느 마을. 전쟁을 틈타 한 밑천 잡으려는 야심찬 독일인 쉰들러는 유태인이 경영하는 그릇 공장을 인수한다. 인건비를 착취하여 돈을 벌겠다던 그는 언제부턴가 유태인 학살에 대한 양심의 소리를 듣게 된다. 노동인력으로 부적합 판정을 받게 되면 수용소로 끌려가 가스실에서 처참한 죽음을 당한다는 것을 알게 된 것이다. 그는 아이들은 나이를 올리고 노인들은 나이를 줄여서 명단을 작성하는 방법으로 1천여 명의 유태인들의 목숨을 구하게 된다.

한국전쟁 발발 직후 보도연맹원保導聯盟員 학살 사건 때도 그와 비슷한 일이 있었다 한다. 전국적으로 20만 명에 이르는 사람들이 총에 맞아 죽거나, 산채로 수장되고 생매장을 당했는데 김해의 한림면에만 희생자가 거의 없었다는 것이다. 그 배경에는 한국판 '쉰들러'가 있었기 때문으로 밝혀졌다.

1950년 8월 김해 한림지서에서도 보도연맹원 100여 명을 구금하긴 했었다. 그런데 다른 지역의 보도연맹원들은 구금되었다가 대부분 학살되었지만 한림면에선 특무대로 연행됐던 4명만 희생되었다. 면장 최대성 씨가 경찰을 설득하여 창고에 구금된 젊은 사람들을 대한청년단에 가입시키는 조건으로 석방하고, 나이 든 사람들은 창고 뒷구멍으로 탈출시켰다는 것이다. 일백여 명의 목숨을 구한 그는 진정 한국의 쉰들러이다.

언젠가 '보도연맹 희생자 유족모임'이 있다기에 남편과 같이 갔던 적이 있다. 노인 삼백여 명이 모여 울분을 터뜨리고 있었다. 저마다 억울하고 피맺힌 사연들이었다. 그때 거제 계룡산에는 빨치산들이 있었다고 한다. 밤에는 그들이 내려와서 총부리 겨누며 부상병들의 치료를 요구했고, 곡식을 약탈해가곤 했다. 낮에는 국군이 와서 그들을 도왔다며 총부릴 겨누었다. 곡식을 주거나 짐을 날라 주거나 치료를 해주었다는 이유로 보도연맹원으로 낙인찍혀 비명횡사한 사연을 들으며 모두 통곡했다. 시댁도 그 중에 하나다. 갓 스무 살이던 시아주버니 역시 억울하게 보도연맹으로 희생된 것이다.

보도연맹 희생자 유족들은 사상범의 가족이라는 이유로 숨소리도 제대로 내지 못하고 살았다. 심지어 빨갱이 가족이라는 것 때문에 공무원 시험은 엄두도 못 내는 등 피해가 한두 가지가 아니었다. 그래서 시아주버니 사망신고도 십

년이 지난 후에야 병사로 신고했다. 그러던 것이 이제는 억울함을 풀게 되었으니 그나마 다행이 아닌가.

국화 한 아름 안고 장승포항長承浦港 앞에 있는 지심도只心島를 찾았다. 아름드리 동백 숲을 지나고 상록수림을 지나 전망대에 올랐다. 섬은 민족상잔의 아픔일랑은 까맣게 잊은 듯 쪽빛 바다에 유람선을 띄우고 여행객을 맞이하고 있었다. 나는 국화송이를 바다에 뿌리며 이곳 바다에 굴비 엮듯 엮인 채로 시아주버니와 함께 수장된 영령英靈들의 명복을 빌었다. 이제 편히 눈 감으소서! 이승에서의 한限 모두 풀고 영면하소서! 동백은 핏빛 꽃망울을 터뜨리고, 새들은 지절거리며 그날의 아픔을 위로해 주는 듯했다.

돌이켜보면 대한민국의 역사는 수많은 외세의 침략 외에도 동족상잔의 비극까지 더해 상처로 얼룩져 있다. 전쟁으로 입은 상처는 말할 것도 없지만 전쟁과 무관한 이데올로기의 틈바구니에 끼어 고통을 겪은 민초들 또한 얼마나 많은가. 그 상처는 아직도 끝나지 않은 진행형이다.

우리는 지금 전쟁이 아니라도 전쟁 같은 전투를 치르며

하루하루를 살아가고 있다. 힘없고 가진 것 없는 사람들은 자신의 의지와는 무관하게 상처받는 경우가 허다하다. 현 사회는 양심의 소리를 듣고 그것을 실천하는 쉰들러가 절실한 때이다. 강자의 횡포에 맞서서 약자를 보호하고 정의를 실천하기 위해서라면 자신의 희생도 마다하지 않는 쉰들러 같은 사람이 그리운 시대에 살고 있는 것이다.

국화송이를 마저 바다에 던지고 걸음을 옮겼다. 만일 거제 동림東林에도 쉰들러 같은 분이 계셨다면 시아주버니는 알콩달콩 재밌게 사셨을 터인데. 그러면 새색시였던 동서는 재혼하지 않아도 됐을 테고, 시부모님께서도 화병으로 돌아가시지 않았을 텐데…….

한국판 쉰들러의 이야기를 접해서인지 얼굴도 모르는 시아버지의 생각에 목이 잠겼다.

31세의 팡세, 전혜린

현대 수필을 이야기할
때 김진섭, 이양하, 이태준을 거론하는 것은 자연스러운 현
상이지만 그 대열에서 전혜린은 좀처럼 다루어지지 않는다.

31세의 나이로 요절할 때까지 얼마나 많은 명편名篇들을
남겼는가. 그럼에도 그녀는 소수에 의해 찬사를 받을 뿐이
다. 나는 그런 점이 늘 섭섭했다. 앞서 나열한 작가들이
6·25 전전 세대의 작가라면 전혜린은 그들의 뒤를 잇는 전
후세대 초기 수필가다.

수필가이며 번역가였던 전혜린은 요즘 독자에게는 낯선 작가일 수도 있다. 그러나 그녀는 한국 수필의 영원한 아방가르드라고 말해도 부족함이 없을 것이다. 내게 있어 전혜린은 분명한 지향점이자 풀기 어려운 딜레마이기도 하지만, 끊임없이 나를 다스리는 채찍이기도 하다.

그녀는 한마디로 열정과 절망이 뒤엉킨 시대를 살았던 고뇌하는 여인의 표본이었다.

전혜린은 1934년 평안남도 순천에서 변호사였던 전봉덕의 장녀로 태어났다. 경기여고를 졸업하고 서울법대에 입학하지만 재학 중에 독일의 뮌헨 대학교로 가서 본격적인 문학공부를 시작했다. 부친의 권유로 법대에 들어가긴 했지만 딱딱한 법학이, 자유로운 영혼에 날개를 달아줄 수는 없다고 생각했을 것이다.

5년 후 고국으로 돌아온 전혜린은 이화여대와 서울대에서 강사로 재직했다. 그녀는 독일에 있을 때부터 유럽의 풍경과 문화와 그곳의 자유로운 정서에 매혹되어 많은 글을 썼다. 「다시 나의 전설 슈바빙」, 「알프스 산정의 찻집」처럼 유럽의 정서가 그를 도취하게 한 이유는 무엇이었을까.

그 즈음의 유럽은 2차 대전의 상처에서 어느 정도 벗어나고 있을 시기였다. 그러나 2차 대전과 6·25 등 두 번의 참혹한 전쟁을 겪은 1950년대 후반의 한국은 전후의 복구되지 않은 상흔들이 폐허의 도시를 암울하게 만들고 있었던 것이다.

뿐만 아니라 가부장 제도의 사회 정서는 여성의 재능을 인정하지 않았다. 더욱이 전혜린처럼 자유롭고 방랑자적인 영혼을 가진 여성에게 사회는 결코 너그럽지 못했다.

그런 점에서 전혜린은, 27세 나이에 요절한 조선시대의 허난설헌의 삶과도 닮아 있어 마음 저리게 한다. 탁월한 재능으로 중국까지 알려져 찬사를 받았던 여류 시인 허난설헌은 조선시대의 정서의 무게를 견디지 못하고 채 서른도 되기 전에 세상을 뜨고 말았다. 물론 정치적인 이유와 우울한 가족사도 어깨를 짓눌렀을 것이지만.

전혜린도 마찬가지였을 것이다. 아직도 한국사회는 신여성을 받아들일 만큼 성숙되어 있지 못하던 시기였다. 그에 비하면 독일을 비롯한 유럽은 여성이 자유로운 사회였고 무엇보다도 현대 예술과 이방인으로서의 자유로움을 만끽

할 수 있는 곳이었을 것이다. 그녀의 작품 대부분이 독일을 비롯한 유럽의 예술적 정취와 자유로운 정신세계를 노래하고 있는 것도 그 때문 아닐까.

비엔나의 도나우 강을 본 후 일기에 이렇게 썼다.

> 프라타자의 버드나무 드리운 강변에 가보십시오. 거기에는 우리가 꿈속에서 본 것과 똑같은 새파란 물이 고여 있지요. 지금은 더 이상 흐르지는 않습니다만, 이 옛 도나우 강이 노래 속의 진짜 도나우 강이랍니다.

새 도나우 강은 '요한 스트라우스'가 작곡할 무렵의 강이 아니었다. 옛 도나우 강과는 달리 꿈이나 낭만, 시적이거나 음악 정취는 거의 찾아볼 수 없는 현실의 강이었다. 어떤 이들은 노랫말을 듣고 찾았다가 실망하고 발걸음을 옮긴다는 그 강을, 그녀는 강물에 한 폭의 그림 같은 詩가 떠서 음악처럼 흐르는 곳이라고 표현했다. 그만큼 상상력이 뛰어난 것이다.

전혜린을 두고 서양문화의 속물적인 정서를 비판 없이 수

용한 작가라고 하기도 하고 또 당대의 젊은이들에게 여과 없이 유행시킨 책임을 지우기도 한다. 그러나 그것은 그녀의 삶과 문학을 바라보는 또 다른 시각의 하나가 아닐는지.

그녀는 치열한 내면의 욕구를 해방시킬 탈출구를 찾았다. 그 시절 우리 사회는 여성의 비범함을 수용할 수 있는 분위기가 아니었다는 것만으로도 나는 충분히 전혜린을 변호할 수 있다. 자신에게 충실했고 자신의 생을 진정으로 사랑한 그녀이기에.

짧았던 결혼생활 그리고 인생. 그 한 줌의 시간 속에 일생을 다져넣고 용광로처럼 뜨겁게 살았다. 지치도록 일하고 노력하고 사랑하며 살았기에 불꽃처럼 살다간 여인이라고 불린다. 불꽃처럼 짧게 살고 갔으나 우리들 가슴속에 뿌려 놓은 고독과 사랑과 정열은 오래도록 생생할 것이다.

미련도 후회도 없이 어느 순간 여행을 떠난 전혜린. 나는 오늘 다시 그녀의 생의 채찍을 온몸으로 느끼고 있다. 남은 시간만큼이라도 치열하게 살 수 있기를 기도하며.

가을 허수아비

시월이 시작되는 날 친구로부터 전화가 왔다. 하동 평사리 들판에서 펼쳐지고 있는 허수아비축제에 가자는 것이다.

생각해보니 허수아비를 본 지가 꽤 오래되었다. 내 어릴 적만 해도 황금빛 들판에는 허수아비가 지천으로 서 있었다. 허수아비 팔에 달린 깡통이 바람에 흔들리며 참새를 쫓던 풍경은 보는 것만으로도 재미있었는데.

그런데 언제부턴가 참새의 수가 줄어들더니 허수아비도

사라지기 시작했다. 농약남용으로 벌레가 사라져갔고 참새 개체수도 줄어들었다. 참새가 줄어드니 굳이 허수아비를 세울 필요가 없어진 것이다.

허수아비는 농경민족인 우리네 자화상이다. 잘살든 못살든, 땅을 일구고 거기서 나는 소출로 대가족을 이루고 살았던 우리 어버이 시대의 상징이다. 부족한 살림에도 손님 대접을 소홀히하지 않았던 우리 민족의 인정 많은 모습이기도 하다.

그런데 언제부턴가 농사지으며 부모를 봉양하던 젊은이들이 자취를 감추기 시작했고, 할아버지 무릎에 앉아 응석을 부리던 손자손녀의 모습도 보기가 어려워졌다. 허수아비가 사라지듯 농촌의 젊은이들이 사라진 것이다.

'가족해체'라는 용어가 뉴스에 자주 등장할 정도로 농촌의 노인들은 자식들과 생이별이나 다름없는 상황에서 노년을 외롭게 보낸다. 고향을 떠난 젊은이들이라고 다를 바 없다. 도시의 그늘에서 익명의 존재로 자기만의 섬에서 외로움을 감내해야 한다. 추석이나 설 명절에 민족 대이동이 이루어지는 것은 훈훈한 풍경이 아니라 외로움을 덜어내려는 서글픈 풍경이다. 그리움에 지치고 지치다가 일 년에 한두 번 가족의 따스한 정을 느끼기 위해 끝없는 이동을 감내하는 그들 모두가 내던져진 허수아비와 무엇이 다른가.

그런데 영원히 잊힐 줄 알았던 허수아비가 요즘 다양한 축제로 거듭나고 있다. 기능성으로서의 허수아비가 아니라 복고적 추억으로서의 허수아비가 생겨난 것이다. 하동 평사리와 순천 갈대밭, 진주 문산의 코스모스와 함께하는 허수아비 축제 등이다. 여기에 더하여 김제의 허수아비 콘테스트에는 고전적인 것 외에도 아이돌 스타나 힙합 스타일에서 뽀로로 모습까지 등장했다니 허수아비가 많이도 진화했다.

축제가 새로운 모습으로 거듭난다는 것은 정말 고무적이고 기대되는 일이다. 페스티발이든 콘테스트든 기왕에 허수아비를 내세웠다면 일회성 축제로 그칠 게 아니라 통속적 의식을 재미있게 구성하면 좋겠다. 옹고집전 같은 허수아비와 연관된 전래설화 등을 마당놀이나 연극으로 되살려 허수아비 축제와 함께 진행한다면 어떨까. 기획 여부에 따라 젊은이들은 물론 세계인의 시각을 사로잡을 수 있는 명품축제가 될 수도 있을 터인데……

　지금 들판엔 황금물결이 넘실댄다. 이번 주말쯤은 금풍
金風 따라 무딤이 들판으로 가보아야겠다. 뽀로로와 도라에
몽과 어울리며, 강강술래 판에도 뛰어들어 축제를 만끽해
보아야겠다. 지치면 허수아비처럼 두 팔 쭉 뻗고 서 있어보
자. 내 어깨 위로 참새 몇 마리 찾아와 준다면 더없이 행복
하리라.

행복한 착시

저녁, 해안을 산책하다
가 신기루 현상을 보았다. 호수처럼 잔잔한 물결을 보며 걷
고 있는데 저만치 어스름 속에 누군가가 서 있었다.

'아, 선생님!'

절로 감탄사가 터져나왔다.

학창 시절 유일하게 좋아했던 영어선생님이셨다. 눈을
비비고 다시 봐도 젊은 날의 모습 그대로였다. 순간 가슴이
터질듯 용솟음치면서 두근거렸다.

나는 생각할 겨를도 없이 선생님이 계신 그곳으로 뛰어 갔다. 그것이 착시라는 것을 깨닫기까지는 그리 오래 걸리 지 않았다. 먼 곳 아파트 불빛에 비친 나무 한 그루가 벽에 투영된 것이었다. 아쉬웠지만, 기억조차 희미해진 소녀 시 절로 돌아가게 해준 착시 현상이 더없이 고마웠다.

그때의 짧은 기억들이 재빠르게 그려졌다. 토요일 방과 후면 클로버 동산에 앉아 심금을 울리던 명화名畵 주제곡을 원어로 불러주시던 선생님! 제임스딘보다 더 매력적으로 보였으니 소녀들의 가슴인들 오죽했으랴.

홀연히 나타나 짧은 시간 동안 유지되다가 사라지는 신 기루는 나쁜 현상일까. 좋은 현상일까.

사막에서 신기루처럼 떠오르는 오아시스를 보고 따라가 다가 죽음에 이르는 사람도 있지만, 반면에 삶의 욕구를 불 러일으켜 생명을 연장시키는 매개체가 되기도 한다.

우리들은 모두 인생이란 사막을 여행한다. 그 인생의 사 막에서 때때로 마주치는 착시 현상은 많다.

'사랑'이라는 감정은 어떻게 설명할까. 결혼하고 나면 현실의 차가운 들판에서 사랑의 착시 현상은 이내 걷히고 만다. 그렇다고 신기루 같은 사랑이 우리를 뜨겁게 불태웠고 서로를 황홀하게 바라보았던 그 사실만은 부정할 수 없을 것이다. 인생을 함께하며 고난을 함께 극복할 수 있는 에너지를 주는 것이 사랑의 착시 현상이다.

사막에서 길을 잃은 사람이 생명줄을 놓으려고 할 때 착시가 만들어준 오아시스는 그에게 한 발 더 앞으로 나아가게 하는 힘을 준다. 사랑 역시 누군가와 함께 인생의 차가운 들판을 헤치고 앞으로 나아갈 힘을 주지 않는가.

오 헨리의 소설 『마지막 잎새』가 생각난다. 주인공 존시는 폐렴으로 삶에 대한 희망을 잃고 창문 너머 보이는 담쟁이덩굴 잎이 떨어지면 자신의 생명도 끝난다고 생각한다. 그 이야기를 전해들은 노 화가는 세찬 비바람에도 떨어지지 않는 나뭇잎 하나를 벽에 그려 놓는다. 그날 비를 많이 맞은 화가는 폐렴으로 생을 마감하지만 그의 무한한 사랑에 힘입어 존시는 생명의 활력을 얻는다. 그녀에게 생의 의욕을 불러일으킨 나뭇잎 하나 역시 사랑의 착시 현상인 것이다.

그렇듯 우리가 믿고 있는 많은 것들이 신기루 같은 착시 현상일 수도 있다. 사랑, 믿음, 약속 그런 것들을 추호도 믿어 의심치 않다가 배신을 당하고 나서야 땅을 치는 사람들도 많다.

그렇더라도 인간 사이의 관계란 그저 허망한 것이며 부질없는 것이라고 치부해버린다면 사회가 존속되기는 어려울 것이다. 등 뒤에서 배신을 생각하고 제 이익만을 우선하려든다면 그건 사람 사는 사회가 아니라 짐승들이 우글거리는 정글과 다름없지 않겠는가.

착시, 그것은 어쩌면 위험한 믿음일지 모른다. 그러나 믿지 않는 것은 더 위험할 것이다. 설사 상처를 입더라도 자신이 본 것을 신뢰하며 그것으로 마음이 따뜻할 수만 있다면 어찌 착시인들 마다하랴.

'홀연히 나타나 짧은 시간 동안 유지되다가 사라지는 환상적인 일'에 불과하더라도 그 환상적인 체험을 해본 사람은 안다. 그것은 마음속 깊은 곳에 자리하여 슬프거나 외로워질 때 불쑥불쑥 나타나 스스로를 따뜻하게 해준다는 것을.

내일은 선생님께 전화를 드려야겠다는 생각을 하며 집으
로 돌아오는 내내 가슴은 따뜻하고 행복했다.

詩로 전하는 사랑이야기

인간에게 있어서 사
랑은 그 어떤 것보다 큰 가치를 지닌다. 세기의 사랑으로
지금까지도 회자되고 있는 윈저공과 심프슨 부인의 사랑은
감동스럽기까지 하다. 미국 출신의 두 번 결혼 경력이 있는
심프슨 부인을 사랑한 에드워드 8세. 그녀와 결혼하려면
양위를 해야 한다는 의회의 판결에 스스럼없이 왕위를 내
던지고 사랑을 택한다. 그는 심프슨 부인과 결혼하여 오스
트리아의 한적한 시골에 묻혀 살았다.

❖ 생각을 겨냥한 총

이렇듯 사랑은 인간의 모든 가치를 초월한다. 죽음도 불사하고 왕위마저 헌신짝처럼 던지게 만드는 것이다. 바로 그런 사랑이 우리 통영에도 있었다. 청마 유치환과 정운 이영도의 영혼으로 맺어진 순수한 사랑이야기다.

해방 후 통영여중에서 함께 교사 생활을 했던 청마와 정운. 당시 38세였던 청마는 29세였던 정운의 단아한 모습에 반하게 된다. 그때 이영도는 청상靑孀이었고 청마는 엄연한 유부남. 당시의 사회풍토와 윤리의식으로 보아 결코 용인될 수 없는 관계였던 것이다. 둘은 늘 곁눈으로 보며 지나쳤지만 서로를 향한 애틋함은 어쩔 수가 없었나 보다.

결국 청마는 그리운 마음을 담아 편지를 썼는데 교통사고로 유명을 달리하기까지 정운에게 보낸 편지는 무려 5천여 통이라고 한다. 그의 사후에 2백여 편을 추린 편지가 책으로 엮어져 나오자 사람들은 놀라움을 금치 못했다.

여인의 몸으로 직설적인 표현은 쓰지 못했지만 이영도의 시조에도 청마를 향한 그리움과 애틋함이 은밀하면서도 생전의 그녀처럼 단아한 느낌으로 나타나 있다.

그리움 / 이영도

생각을 멀리하면/ 잊을 수도 있다는데
고된 살음에/ 잊었는가 하다가도
가다가/ 울컥한 가슴/ 밀고 드는 그리움.

누가 그들에게 돌을 던질 것인가. 처음 그들의 이야기가
세간에 알려졌을 때 비난하는 목소리도 있었다. 그러나 사
랑이란 것이 어디 세상의 비판이나 사회의 규범에 얽매이
는 것이던가.

시간이 흐르고 사람들의 생각도 많이 바뀌어 지금 그들
의 이야기는 통영의 아름다운 전설이 되고 있다. 청마가 남
긴 편지와 詩들은 그것이 당시의 사회적 윤리에 어긋난 것
이라 하더라도 지금은 모든 사람들에게 진한 감동을 주는
전설적 로맨스이다. 사랑만큼 사람을 행복하게 하는 게 없
다는 것을 알고 있기 때문이리라.

청마는 정운을 사랑하는 것만으로도 행복하다고 했다.

행복 / 유치환

(생략)
사랑하는 것은 사랑을 받느니보다 행복하나니라.
오늘도 나는 너에게 편지를 쓰나니
그리운 이여, 그러면 안녕
설령 이것이 이 세상 마지막 인사가 될지라도
사랑하였으므로 나는 진정 행복하였네라.

이 절절한 그리움의 이야기를 읽고 감동하지 않을 사람
이 얼마나 될까.

머언 생각 / 이영도

숲 속을 흘러드는/ 달빛은 은은하고
호수 자는 물결/ 바람이 삼가는데
그 음성 / 귀로 외우며/ 머언 생각하옵니다
이미 그대는 가고 / 내가 홀로 남았는가/ 아슴히 하늘가에/
별들은 잠이 들고
가슴에/ 꿈이 어리어/ 머언 생각하옵니다

이 시조 역시 절제된 문장과 좀처럼 드러나지 않는 조용함으로 전개되지만 청마에 대한 그리움이 뚝뚝 묻어난다.

사랑은 혼자서 하는 것이 아니고 또한 숨긴다고 숨겨지지도 않는 것. 사랑하는 마음보다 행복한 마음이 어디 있을까.

오늘따라 청마거리를 거닐며 그들의 사랑이야기에 흠뻑 젖어 보고 싶다.

❀ 생각을 겨냥한 총

섬은

삶이 버거울 때가 있
다. 나를 중심으로 연결된 모든 관계가 답답한 구속으로 느
껴질 때가 있다.

생각해 보면 삶이란 원래 순탄할 리가 없는 여정이고, 관
계란 그것을 보다 쉽고 윤택하게 하는 사회적 인연이다. 그
런데도 왜 그런 생각을 갖게 되는 것일까. 이 문제는 한동
안 풀기 어려운 화두였다. 그러나 글을 쓰기 시작하면서,
글을 통해 스스로에게 묻고 답하길 거듭하면서 나는 그 의

문에 조금씩 다가갈 수 있게 되었다.

내가 내린 답은 '최대한 단순해지자'였다. 일상을 늘 단순하게 살 수는 없지만 하루 한 번만이라도 명상에 잠겨 내가 나로부터 완전히 떠나는 것. 그리하여 나와 관계된 모든 것에서 완전히 홀로 되어 보는 것이었다.

혼자 있는 시간이면 잠시 눈을 감고 내 가슴 아득한 심연에 나만의 섬 하나를 띄워 본다. 모든 관계와 단절되고 언어조차 필요 없는 무위자연의 세계 속에 들면, 나는 홀로 명상에 잠겨, 외부에 존재하는 나를 재발견하게 된다.

고요한 심연의 섬에서 어느 순간 한 마리 갈매기가 되어 창공을 비켜 오르면, 저 아래 보이는 인간의 사회는 너무 비대하다. 저 속에서 나는 빈틈없이 짜여진 그물망 같은 관계와 일정 속에 한 치의 오차도 없는 그날그날의 역할을 해내야만 한다.

그러다 언뜻 자신이 처한 위치를 깨달으면 그것이 그물망이 아니라 거미줄이었다는 사실을 알고 진저리친다. 사회라는 거대한 거미가 사방팔방으로 얽어 놓은 줄에 붙들려 옴짝달싹도 할 수 없는 자신의 모습, 그것은 언어와 언어가 얽어 놓은 수많은 약속부호들이다. 그래서 어느 날 삶이 버겁고 답답할 때 문득 자신을 돌아보면, 자유를 잃었다고 느끼기도 전에 이미 포박당한 모습을 보게 되는 것이다.

우리는 너무 복잡하게 살고 있다. 자유란 단순함 속에 존재하는 것. 언젠가 가 보았던 갈매기의 섬 홍도에서 섬과 갈매기의 단순한 질서 속에서 나는 무한자유를 보았다. 비상하는 갈매기의 반짝이는 날갯짓을 보며 나는 단순함의 자유가 얼마나 소중한가도 느꼈다.

섬은,

섬은,

나를 자유롭게 한다.

사랑에 관하여

따뜻한 동행

인도의 성자 '선다싱'의 일화다.

추운 겨울 어느 날 '선다싱'은 네팔 쪽으로 가기 위해 히말라야 산맥을 넘어가고 있었다. 가는 도중에 얼어 죽어가는 한 행인을 발견하고는, 마침 그곳을 지나가는 사람에게 도움을 청했다.

"이 사람 이대로 두면 틀림없이 얼어 죽을 테니 우리가 함께 업고 갑시다."

그러나 그 사람은 자신도 죽을 지경이라며 혼자 종종걸음으로 눈바람을 뚫고 사라져버렸다. '선다싱'은 죽어가는 사람을 두고 갈 수 없어 들쳐 업었다. 쓰러지면 또 일어서기를 몇 번, 얼마나 걸었을까. 한참을 가다 보니 먼저 떠났던 그 사람이 쓰러져 있는 게 아닌가. 그는 혹독한 추위에 얼어 죽었던 것이다. 그러나 선다싱은 자기가 업은 사람의 체온으로 살았고, 죽어가던 그 사람도 그의 체온으로 살 수 있었다.

이 이야기는 많은 것을 생각하게 한다. 특히 요즘처럼 세계적으로 경제가 어려운 시기에 우리가 어떤 마음가짐으로 살아야 하는지를 깨닫게 해준다.

미국에서 비롯된 금융위기가 세계의 경제를 강타하고 있다. 일본과 싱가포르뿐 아니라 우리 정부도 비상시국임을 인식하고 경제 살리기 방안을 적극적으로 내놓고 있다. 저소득층을 위한 대처방안도 쏟아져나온다. 일자리 나누기라든지 사각지대의 빈곤층을 보살피는 정책에서부터 내수 진작을 위한 처방까지.

이런 정책들은 정말 중요하다. 그러나 그 못지않게 공동체를 이루고 더불어 살아가는 우리 자신들의 마음가짐도 중요하다는 생각이 든다. '나만 견디면 되지, 내 발등에 떨어진 불이 우선이다.'라는 생각으로 우리보다 어려운 이웃에 대한 배려가 혹 소홀하지는 않았는지 자문해보아야 할 때이다.

사실 우리 민족은 국가적 위기에 봉착하면 함께 뭉치는 기질이 강하다. 1997년 외환위기 때는 금모으기 운동에 전 국민이 동참해 세계가 놀란 눈으로 바라보았다. 태안반도에 기름유출사고가 발생했을 때도 수많은 사람들이 앞 다투어 자원봉사자로 나서서 해변에 덮인 검은 기름을 닦아내었고 그 장면들이 외신기자들을 통해 전 세계로 방영되기도 했다.

이처럼 우리 민족은 위기를 만나면 나보다 남을 더 생각하고 배려하는 마음이 아주 강한 민족의식을 갖고 있다. 그러나 지금처럼 경제 전반이 위축되어 있으면서도 그것이 표면적으로 확연하게 드러나지 않는 경우 우리는 무엇을 해야 할지 막막하다.

외환위기 때는 국가 경제가 IMF 국제통화기금으로부터

구제금융을 지원받는 경제식민의 치욕을 겪었다. 태안반도 기름유출사고 때는 우리가 도울 대상이 명확했다. 하지만 지금은 모두가 어려움을 겪는 것은 분명하지만 누가 어느 정도 어려운지 대상을 정하기가 어렵다.

지금 우리 주변에는, 실업자가 100만 명을 넘어서고 있고 파산으로 가정이 와해되어 뿔뿔이 흩어지는 가족이 늘어나고 있다. 실업률은 위험수위에 다다랐다고 한다.

이럴 때 우리는 '선다싱'의 지혜를 가져야 하지 않을까 싶다. 수동적 생각보다 능동적 행동으로 어려운 이들을 보살피고 배려하며 하나의 공동운명체로서 함께 '동행'하는 지혜 말이다.

위기에 강한 한국인들은 국가적 난관을 잘 극복해왔다. 그것은 한국인들의 가슴에 항상 '선다싱'처럼 따뜻한 마음이 있기 때문이리라. 지금이 우리 다시, 따뜻한 '동행'을 위해 가슴을 열어야 할 때가 아닐는지.

❇ 생각을 겨냥한 총

사랑에 관하여

라즈니쉬의 철학우
화 중에 있는 이야기이다.

위대한 철학자 '엠마뉴엘 칸트'에게 한 여인이 청혼을 해
왔다. 항상 자신의 생각에만 몰두해 있는 사람이라 결혼에
관심을 두지 않았던 칸트는 생각해 보겠다고만 대답했다.

그리고 결혼에 대해 정말로 열심히 생각하고 연구했다.
도서관에서 결혼이나 사랑에 관한 책을 모두 찾아 꼼꼼하
게 기록했으며 찬성하는 쪽과 반대하는 쪽을 메모해가며

비교했다. 그리고 마침내 결혼하기로 결정했다. 찬성 쪽이 반대 쪽보다 조금 많았기 때문이다. 여인의 집에 찾아가 문을 두드리며 청혼을 받아들이겠노라고 말하자 그녀의 아버지가 나와 말했다.

"내 딸은 이미 결혼했소. 벌써 세 아이의 어머니가 되었다오. 당신이 좀 늦게 왔구려."

세상에는 생각해야만 하는 일이 있고 생각보다 먼저 감응하고 행동해야 할 일이 있는 법이다. 머리로 하는 생각은 인류문명을 발전시켜온 원동력이지만 가슴으로 느끼고 반응하는 것은 사랑과 이해로 인간을 인간답게 하는 원동력이다. 누군가를 사랑할 때 상대를 분석하고 연구한다면 그것은 사랑이 아니라 사업이다. 누군가를 배려할 때 계산기를 두드려 답을 얻으려 한다면 그것은 배려가 아니라 정치가 될 것이다.

가슴으로 즉각적으로 반응하는 것, 그것은 위험이나 손해를 동반할 수도 있다. 하지만 사랑은 위험과 손해를 감수해야할 만큼 가치 있는 것 아닐까. 손해 보지 않으려 계산기를 두드릴 때 그는 진정한 인생을 손해 보게 된다. 인생은 맵고 짜고 쓰고 떫은맛들을 모두 이해했을 때 비로소 사랑이라는 달콤한 맛의 깊은 의미를 알게 되는 것이기 때문이다.

사랑을 하든 안 하든 그것은 자유다. 그러나 사랑하고 싶다면 가슴으로 반응하고 위험을 감수해야 하리라. 설사 쓴맛을 보더라도 세월이 흐른 후 그 경험은 아름다운 나무로 자라 달콤한 열매를 맺을 것이다. 그것이 바로 인생 아니런가.

날지 못하는 새

뉴질랜드에는 날지
않는 새가 여러 종류 있다고 한다. 국조인 키위를 비롯하여
모아 · 에뮤 · 레아 등이 그것이다. 이 중 모아는 화식조로
타조와 유사한 종에 속하는데, 공룡 같은 크기와 위용은 가
히 전설적이다. 아쉽게도 정말 전설이 되고 말았지만.

유독 뉴질랜드에 날지 않는 새들이 많은 이유는 천적이
없기 때문이라고 한다. 맹수가 없는 데다 유일한 천적이랄
수 있는 뱀조차도 독이 없다. 그러니 새들은 높은 데서 힘

들게 먹이를 찾기보다 땅 위에서 쉽게 먹이를 찾게 되었고, 세월이 흐르는 동안 서서히 날개가 퇴화해 버렸다는 것이다.

사람들은 게으른 사람들을 '날지 않는 새'에 비유하곤 한다. 날개가 퇴화한 새들처럼, 인간도 위기의식과 실패에 대한 긴장감이 사라지면 날개가 꺾여 무기력한 삶을 살아간다고 한다.

얼른 들으면 고귀한 금언처럼 들린다. 그러나 조금 더 깊이 생각해보면 일방적이고 지극히 이기적인 사고에서 나온 말이라는 생각마저 든다.

날지 않는 새와 날 수 없는 새는 전혀 다르다. 날지 않는다는 것은 날개가 있음에도 게을러 사용하지 않는다는 것이고, 날 수 없다는 것은 자신에게 주어진 환경에 적응하다 보니 날개가 퇴화하여 더는 비상할 수 없다는 것이다.

사막의 열악한 환경에 훌륭하게 적응한 타조를 형편없이 게으른 새라고 누가 탓할 수 있으랴. 적응이야말로 생존의 가장 중요한 방법인 것을. 바다의 제왕 고래는 어떤가. 고래는 바다에서 육지로 진화한 동물이, 역으로 다시 바다로 돌아가 훌륭하게 적응한 경우다. 누가 그들에게 다리가 퇴화한 쓸모없는 포유류라고 감히 말할 것인가.

뉴질랜드의 에뮤는 비록 날지는 못하지만 타조처럼 빠르게 달려 위험을 피하고 자신이 원하는 것을 얻으며 지상의 삶에 적응했다. 그 나라 사람들은 날 수 없지만 땅 위에 훌륭하게 적응한 그 새들을 아끼며 사랑한다.

나는 최근에 힘든 일을 겹쳐 겪으며 비상飛翔과 추락墜落에 대해 많은 생각을 하게 되었다. 비상을 위한 날개는 인간에게 하나의 비유로 많이 사용되지만 그것이 현실과 얼마나 동떨어진 허망한 비유인지도 다시 생각하게 된 것이다.

사람들은 날개를 달고 꿈을 실현하려 하지만 모두 성공하는 것은 아니다. 그렇다고 날지 못하는 모두가 불행한 것도 아니다. 날개는 좋은 것이지만 모두가 날기를 목표로 한다면 날 수 있는 소수를 제외한 나머지 사람들은 오히려 불행해질 수도 있지 않을까.

인생의 길에는 알 수 없는 미로와 함정이 많다. 우리는 언제 어떤 상황에 맞닥뜨릴지 알 수 없다. 평온했던 삶도 어느 날 날개가 꺾여 나락으로 떨어질 수 있다. 그러나 날개가 꺾였다고 실망할 필요도 없다. 날지 못하면 뛰는 방법도 있다. 뛸 수 없다면 시나브로 걸어서 행복을 찾는 길도 얼마든지 있을 것이다.

힘든 시기를 겪은 우리 가족은 앞으로 날 수 없을지도 모른다. 그러나 나는 생각한다. 날 수 없다면 뛰는 것을. 다시 배우고, 뛰기도 어렵다면 시나브로 걸어서 함께 작은 행복이라도 캐겠다고. 난다는 것은 아름답지만 날 수 없더라도 또 다른 방법으로 주어진 현실에 최선을 다한다면 그것 또한 아름다운 적응 아니겠는가.

말과 말씀

얼마 전 병원에서 있었
던 일이다. 간호사가 30대쯤으로 보이는 여인에게 이름을
물었다. 젊은 여인은 "네, ○자 ○자 ○자입니다."라며 힘주
어 대답하였다.

자기 이름자를 또박또박 말하는 여인을 보며 나는 당황
스러웠다. 주변의 몇몇 사람들은 아무렇지도 않은 듯 무심
해 보였고, 몇 사람은 눈살을 찌푸렸다. 말을 잘못 사용하
는 것이 얼마나 민망한 상황을 만드는지를 확인하는 순간

이었다. 그녀의 잘못된 언어 사용을 보며 새삼 언어의 예절이 얼마나 중요한가를 절감하였다.

'말은 인격이다.'라는 말이 있다. 잘못된 말을 아무렇지도 않게 사용하면 그 사람의 인격이 의심스러워 보인다. 말이 거칠거나 욕설을 습관적으로 섞어 쓰는 사람의 인격은 말할 것도 없다. 요즘은 잘 사용하지 않지만, '본 데 없는 놈'이라는 말이 있다. '본 데 없는' 뒤에는 반드시 '놈'이라는 상대 낮춤말이 붙는다.

옛날에는 가정이나 서당에서 예법을 가르쳤다. 말투나 행동은 가르치지 않아도, 어른들의 말투나 행동, 몸가짐을 어깨 너머로 자연스레 보고 배웠다. 아이들의 말과 행동을 보면 그 집의 가풍을 알 수 있다.

우리는 상대를 잘 몰라도 언어 사용을 보며 그 사람이 하는 일과 배경을 어림잡아 짐작하기도 한다. 병원에서 보았던 여인이 자기 이름자를 높여 말하면 스스로는 지적知的인 것처럼 보인다고 느낄지 몰라도, 다른 사람이 보기엔 보고 배운 데가 부족하다는 생각이 드는 것을 어쩌랴.

갈수록 말의 사용이 난잡해지는 요즘 언어문화를 보면

기가 막힌다. 아름다운 우리 높임말이 얼마나 처참하게 망가지고 있는가.

고속버스를 타고 가다가 휴게소에서 커피를 주문한 적이 있다.

"카페라떼는 삼천오백 원 되시구요, 시럽은 그 옆에 있으십니다."라는 말을 들으면 귀가 의심스러울 지경이다. 거기에 더 해 "화장실은 오른쪽으로 죽 가면 있으십니다."까지 오면 할 말을 잃게 된다. 그런데 그런 말을 듣고도 지적하는 이 하나 없다.

특히 '계산은 얼마 되시겠습니다.'처럼 백화점이나 레스토랑의 훈련받은 직원의 말은 돈에 대해서는 더욱 깍듯하다. 마치 사람보다는 지갑에만 관심 있다고 말하는 듯하여 씁쓸하다.

'말'과 '말씀'의 차이는 분명하다. 입에서 나온 언어는 그게 어떤 것이든 '말'의 범주에 포함된다. 심지어 욕도 '말'이다. 그러나 욕은 결코 '말씀'은 아니다. 과잉존대나 잘못된 말도 '말'이기는 하지만 절대 '말씀'은 아닌 것이다.

상대나 윗사람에게 하는 '말'을 '말씀'이라고 한다. 윗사람이나 예를 갖추어야 될 상대와 '말'을 할 때는 조심스럽게 하게 된다. 예가 잘 갖추어졌을 때 상대는 나의 인격을 존중하게 되고, 반대로 예를 제대로 갖추지 못하면 나의 인격은 의심받게 되는 것이다.

특히 요즈음은 영어를 잘하는 것이 필사의 교육지침이 된 지 오래다. 웬만하면 조기교육으로 외국에 나가는데 대부분이 영어를 익히기 위해서라고 한다. 우리말도 제대로 못하면서 영어는 거액을 들여서라도 배우려 한다는 것이 아이러니다. 어느 프리랜서가, "우리말은 할 줄만 알면 되고, 영어는 '잘해야' 하는 것이 현실"이라고 자조적인 지적을 했는데, 충분히 공감이 가는 '말씀'이다.

말이 무너지면 인격이 무너지고, 인격이 무너지면 사람들 간의 관계가 무너진다. 사람들과의 관계가 무너지면 사회공동체의 격도 떨어질 수밖에 없다. 불안하고 거친 사회가 되는 것이다. 윗사람과 상대를 존중하면서 내 인격을 존중받는 우리말의 존대어가 잘 다듬어질 수 있도록 가정과 교육기관에서 좀 더 깊이 있는 논의가 진행되었으면 좋겠다.

창밖으로 눈발이 날린다. 정말 오랜 만에 내리는 눈을 보니 이럴 때는 나도 과잉존대의 유혹을 느낀다.

'창밖에 눈이 오신다!'

행복한 감정에 의해 왜곡된 이런 표현을 오늘만큼은 쓰고 싶어진다.

공자

옛날 성군으로 칭송받는 임금님이 있었다. 어느 날 암행시찰을 나갔던 임금은 충격적인 장면을 보게 된다. 태평성대라고 믿고 있었는데 지독히도 가난한 백성들을 보았던 것이다. 어떻게 하면 백성 모두 잘살게 할 수 있을까 고심하던 왕은, 학자들에게 잘살기 위한 지혜가 담긴 현자들의 말을 모아 책으로 엮으라고 명했다. 그들은 책 스물네 권을 엮어 임금님께 올렸다.

"왕인 나도 읽기 힘든 걸 백성들이 어떻게 읽을 수 있겠

나. 다시 줄여오도록 하라!"

학자들은 고르고 골라 열두 권의 책을 올렸다. 이후 또 고르고 고른 끝에 한 권으로 압축했다. 그것을 읽던 임금은 다시 명을 내려 한 문장만 고르라고 하였다. 머리를 맞대고 심사숙고한 끝에 학자들이 고른 한 마디는 '세상에 공짜는 없다.'였다.

'세상에 공짜는 없다.'고 우리가 농담처럼 주고받는 이 말을 곰곰이 생각해보면 결코 장난스럽게 던질 말이 아니라는 생각이 든다. 이것처럼 얻는 것의 대가를 치러야 한다는 분명한 메시지는 없을 것이다.

뉴스를 통해 뇌물 때문에 평생 쌓아온 명성에 오점을 남기는 정치인들을 보아왔다. 공무원에게 전해지는 작은 뇌물성 선물, 부탁이 있음 직한 의미 수상한 선물도 공짜라면 덥석 받고 보기에 그런 낭패를 겪게 되는 것이리라.

우리 주변에는 한탕주의를 꿈꾸는 사람들이 있다. 그러나 대박을 노리는 그들의 말로는 대부분 비참하다. 언젠가 정선의 한 카지노에서 전 재산을 날리고 노숙하는 사람의 영상을 본 적이 있다. 한때 중산층이었다가 도박으로 망한 그는 동냥으로 돈 몇 푼이 생기자 다시 도박장으로 향했다고 한다.

또 복권에 당첨되어 일확천금을 손에 쥔 사람들은 복권이 당첨되기 전보다 더 불행해진 일들이 많다는 통계도 있다. 수고하지 않고 공짜로 생긴 돈은 쉬 사라져 버리고 심지어는 가정파탄까지도 초래하는 것이다.

나에게도 비슷한 아픔이 있었다. 사업이 잘되어 번창할 때 우리 가족은 당연히 우리가 가질 몫이라는 생각으로 풍요의 열매를 마음껏 즐겼다. 그러나 하루아침에 모든 걸 잃게 되었을 때 알뜰히 비축해놓지 않은 게 얼마나 후회되었던가. 일한 것보다 더 많은 수확은 결국 공짜였던 것이다. 그때 나는 큰 대가를 지불하고서야 그 진리를 터득하게 되었다.

많은 사람들이 잘될 때는 앞으로 어떤 상황이 도래할지를 생각하지 않는다. '맑을 때 우산을 준비하라.'는 말이 있다. 날씨가 쾌청할 때 다가올 흐린 날을 준비하라는 뜻이지만 대부분은 그런 것을 개의치 않는다. 단지 오늘 달콤한 햇살을 마음껏 즐길 뿐, 그 달콤한 햇살이 하느님이 주신 오늘의 공짜에 해당한다는 생각을 하지 않는다. 결국은 대가를 치르고

서야 값비싼 깨달음을 얻게 되는 것이다.

'공짜라면 양잿물도 마신다.'는 말과, '외상이라면 소도 잡아먹는다.'는 말도 우습게 넘길 말이 아니지 싶다. 양잿물은 죽음이고 외상 소는 파산을 의미하지 않는가.

성군이었던 임금이 백성을 깨우쳐 잘살게 하려는 목적으로 현자들의 지혜를 모은 책에서 유일하게 선정된 '세상에 공짜는 없다.'라는 말은 다소 속되지만 의미심장하게 와 닿는다. 현실적으로 그보다 더 생생하게 와 닿는 명언은 없는 것 같다.

이 세상에 공짜가 그 무엇이 있겠는가. 아무것도 없다. 베풀면 베푼 대로, 인색하면 인색한 대로 되돌아온다. 나는 오늘도 땀이 없이는 이룰 수 없다는 무한불성無汗不成을 입속으로 되뇌어 본다. 세상에 공짜는 없는 것이다.

여우와 포도밭

탈무드에 나오는 이
야기다.

굶주린 여우 한 마리가 포도밭을 지나고 있었다. 울타리
너머 탐스럽게 익어가는 포도를 본 여우는 안으로 들어가
기 위해 애를 썼다. 그러나 울타리가 좁아서 들어갈 수 없
었다. 궁리 끝에 여우는 사흘 동안 굶어 몸을 홀쭉하게 만
든 다음에야 울타리 틈새로 기어 들어가는 데 성공했다.

포도밭으로 들어간 여우는 포도를 마음껏 따먹었다. 그

런데 포도밭에서 나오려 하니 빠져나올 수가 없었다. 다시 사흘을 굶고 몸을 홀쭉하게 만든 다음에야 간신히 빠져나왔다. 여우는 울타리 너머 포도를 보며 투덜거렸다.

'결국 배가 고프기는 들어갈 때나 나올 때에나 마찬가지군.'

정권이 말기에 들면 으레 나타나는 현상인 공무원들의 부패사례가 걷잡을 수 없이 터지고 있다. 저축은행의 비리에는 가장 청렴해야 할 정부 감사기구마저 연루되어 질타를 받고 있고, 국토해양부의 모럴 해저드(moral hazard)를 비롯 지난 1년 6개월간 법인카드로 국민세금 10억 원을 흥청망청 썼다는 사건들이 신문을 장식했다. 오죽하면 대통령이 '온 나라가 다 썩었다.'며 한탄했을까.

중앙 공무원들의 부정부패는 국민의 세금이 잘못 쓰이거나 엉뚱한 데로 샌다는 것을 의미한다. 한국은 지금 정치인들의 과도한 복지 약속으로 국민들의 복지 수준 기대치가 높아지고 있다. 실제로 대학의 등록금은 물론 저소득층 복지의 기대치가 상향 조정되면서 부족한 복지 예산을 어디

🍀 생각을 겨냥한 총

서 끌어올까를 고민하고 있다. 이런 시기에 공무원들의 도덕적 해이와 그로 인한 세금 낭비는 욕을 곱빼기로 먹어도 싸다는 생각이 든다.

그들은, 그런 생각과 행동들이 종국에는 자신을 망친다는 것을 정말 몰랐을까. 중앙부처 고위공무원들이라면 그 위치까지 올라가기 위해 남들보다 더 열심히 공부하고 일하면서 능력을 인정받았기에 가능했을 것이다. 그 정도 직위에 있다면 앞날도 창창하고 재산이나 명예도 남부럽지 않은 위치에 있지 않을까.

단 한 번의 실수도 용서받을 수 없는 것이 공무원의 신분이다. 그들은 국민의 공복公僕이며 그들이 만지는 것이 국민의 세금이기에 국민을 비롯 언론과 기관 등 여러 곳에서 그들의 일거수일투족을 예의주시하고 있다.

탈무드 속의 여우가 한 말 '결국 배가 고프기는 들어갈 때나 나올 때에나 마찬가지군.'은 무슨 뜻일까. 고작 배부르고 고픈 것에 대한 단순한 반성이라면 수천 년 유대인의 지혜서 『탈무드』에 등장하지는 않았을 터이다.

유대인들의 삶의 스승인 랍비들은 그것을 삶의 이쪽저쪽을 일컫는 말이라고 해석한다. 포도밭의 울타리가 바로 삶의 이쪽저쪽을 나누는 경계인 것이다. 사람은 태어날 때 세상을 다 잡을 것처럼 손을 꽉 움켜쥐고 나온다. 그러나 죽을 때 손을 활짝 편 채 죽는다. 그 손에 남은 것은 아무것도 없음을 보이는 것이리라. 그 간단한 진리 앞에서 공무원들이 한순간에 자신을 망치는 부정부패에 눈을 돌릴 이유가 없다. 좋은 것에는 반드시 독이 묻어 있다. 더 좋은 것에는 더 치명적인 독이 묻어 있다는 사실을 기억해야 한다.

공직자라면 일반인보다 훨씬 가혹한 처벌이 있어야 할 것 같다. 그래야 두 번 다시 남의 울타리 속 포도를 탐내지 않을 것이다.

여우는 다행히 그것을 깨달았다. 만약 그것을 깨닫지 못했다면 끊임없는 욕심으로 울타리를 넘나들다가 미처 빠져나오기도 전에 사람들에게 껍질이 벗겨졌을 터이다.

말쑥한 양복에 세련된 넥타이를 매고 당당하던 그들이, 어느 날 남루한 죄수복으로 법정에 출두하는 장면은 지나친 욕심이 빚어내는 정답일지도 모른다.

동물과의 교감

                *TV*동물 농장에서 동물과 교감하는 하이디 여사 편을 방영했다. 그녀는 동물들의 마음을 읽어내는 동물 심리 분석가로 동물들의 상처를 치유해 주는 비상한 능력을 갖고 있었다. 사람과 사람과의 교감도 쉽지 않은데 사람과 동물과의 교감이라니!

    사람도 마음에 상처를 받으면 마음의 문을 닫아버리듯 동물도 그랬다. 삽살개 족보까지 있는 '하늘이'를 현재 주인이 정성껏 돌봐 주건만 18개월 넘게 바깥출입을 하지 않고 있었다.

하이디 여사가 문제의 강아지를 만났다. 그녀는 강아지 이름을 부른 후 가까이 다가가 눈을 맞췄다. 교감이 시작된 것이다. 한참 후 하늘이의 마음을 읽었다. 새끼 때부터 호된 훈련을 받았는데 자신이 밖으로 나가면 예전에 있던 그곳으로 보내질 것 같아 나오지 않는다는 게 아닌가. 그 말을 전해들은 가족들은 하늘이를 쓰다듬으며 "우리는 너를 사랑한단다. 절대 다른 곳으로 보내지 않을 것이다."라고 말하자 꼬리를 흔들더니 옥상을 한 바퀴 빙 돌았다. 주인이 자신의 심정을 이해하자 그놈도 마음의 문을 연 것이다.

이번엔 사나운 고양이 '미오' 차례다. 길고양이를 딸이 데려와 키우고 있는데, 커튼 뒤에 숨어서 나오지도 않고, 항상 분노에 차 있었다. 먹이를 주기 위해 어머니가 가까이 가면 손톱을 세워 할퀴고 으르렁거려 손등과 팔이 온통 상처투성이였다.

하이디 여사가 다정한 목소리로 '미오'하고 이름을 불렀다. 그녀가 눈을 맞추고 있으니 어느 순간, 고양이가 눈을 깜빡깜빡하기 시작했다. 하이디 여사도 눈을 깜빡거렸다. 한참 후 그녀는 미오의 마음을 읽어냈다. 처음 딸이 고양이를 데려왔을 때 어머니가 집에서 키우지 못한다며 화를 냈다는 것이다. 그래서 미오는 내내 불안했고, 어머니에게 붙잡히면 내다 버릴까 봐 옆에 못 오게 사납게 굴었다는 게 아닌가. 그 말을 전해들은 어머니는 "미오야! 미안해. 한 번도 널 미워한 적 없었어. 계속 너랑 같이 살았으면 좋겠어." 그러자 여태껏 눈길 한 번 주지 않던 고양이가 어머니와 눈을 맞추더니 다가가 몸을 비비는 게 아닌가. 미안하다는 표현인지는 몰라도 야옹, 야옹 소리까지 냈다. 사랑으로 대하자 그 놈도 사랑으로 답한 것이리라.

문제의 동물들을 키우고 있던 주인들은 교감이 이뤄지는 순간 모두 눈물을 닦았다. 마음을 읽어낼 수만 있었더라도 상처를 내버려두지 않았을 텐데 하는 아쉬움 때문이었을 것이다. 하이디 여사는 동물들의 마음을 읽었고, 그 상처를 어루만져 주었다. 그녀를 통해 문제점을 알게 된 주인과 동물들과의 화해의 순간은 작은 기적 같았다.

우리 집에도 십 년 가까이 키워온 발발이 '누리'가 있었다. 지난해 단독주택에서 공동주택으로 이사를 하게 되었다. 아파트에서는 동물을 기르는 것이 금지되어 있다기에 우리는 누리를 어떻게 해야 할지 고민하지 않을 수 없었다. 이삿짐을 싸고 있던 어느 날 밤에 그놈이 슬며시 종적을 감추더니 지금까지 소식이 묘연하다.

그런데 하이디 여사의 교감을 보면서 동물도 사람의 말을 알아들으며 생각도 한다는 걸 알게 되었다. '누리'는 자신의 거취문제로 남편과 내가 걱정하는 말을 듣고는 집을 나간 것이란 생각이 들자 마음이 아팠다. 진즉 그놈의 마음을 헤아렸더라면 더 좋은 방법도 있었을 텐데.

하찮아 보이는 동물일지라도 생명을 가진 이상 그들도 사람의 목숨처럼 소중하다.

이 땅의 모든 생명체는 서로 소통하며 살고 있다. 그리고 그들은 함께 소통하기를 바란다. 하지만 인간은 자연의 모든 생명체들을 인간의 생각에 맞추어 이기적인 방향으로 결정해버린다. 소통이 아니라 일방적인 것이다.

나도 내 마음의 보석을 잃게 되니, 둘 다 귀한 보석을 잃게
되지 않겠소? 도로 가져가시오."

보석을 뇌물로 바치려던 사람은 멋쩍은 마음으로 그냥
돌아갈 수밖에 없었다.

정부의 새 내각 후보자가 발표된 뒤 청문회 내내 국회와
국민 여론이 뜨겁게 달아오르더니 결국 총리와 장관 후보
자 세 사람이 임용되지 못하고 사퇴하는 사태가 벌어졌다.

청문회의 중요쟁점은 재물에 집착한 사람, 자녀교육문제
로 위장 전입이 문제된 사람, 청문회 과정의 대응 태도가
솔직하지 못하여 구설수에 오른 사람 등이었다.

어찌 보면 대다수의 사람들이 가지고 있는 욕심을, 청문
회장에 나온 그들이라고 가지지 않았겠느냐는 생각도 든
다. 또 그들 나름으로 높은 자리까지 오르리라고는 생각지
못해 그 같은 잘못에 이르렀을 것이라는 동정론도 있다.

그러나 분명한 것은 장관이란 자리는 국민들의 존경 대
상이 아닌가. 그들 행동 하나하나는 미래를 꿈꾸는 젊은 사
람들의 모범이 되어야 한다. 따라서 최상의 모범이 되어야

할 공직자라면 일찍부터 자신의 행동에 최고의 도덕적 잣대를 대고 살았어야 마땅하다. 그렇지 못했다면 후보 제의가 왔을 때 스스로 그 자리를 포기했어야 하지 않을까.

화가 나는 것은, 그들이 부정했다거나 탐욕이 있었다는 것이 아니다. 세상 사람 누군들 털어서 먼지 안 나는 사람이 있겠는가. 더 좋은 환경에서 자식들 공부시키고 싶고, 더 많은 재산을 모아 노후를 풍요롭게 보내고 싶은 마음에서 투기도 하고 주소지만 옮기는 위장 전입도 했을 것이다. 옳은 일은 아니지만 서민의 입장에서는 충분히 그럴 수 있다고 얼마간 이해도 된다.

그러나 국가를 운영하는 국무위원의 자리에 오르려면 자신의 살아온 과정에 존경받지 못할 흔적이 있었다면 임명권자에게 마땅히 고백을 했어야 했다. 문제는 그들 과거의 부도덕성이 아니라 그런 부도덕한 전력을 숨기고 장관의 자리에 오르려 했다는 점이다.

욕심을 버리지 못해 자신에게 돌아온 것은 뭔가. 결국 발가벗겨지고 도덕성에 치명타를 입어 더 이상은 얼굴 내놓고 대명천지에 활보할 수도 없게 된 상황에 몰리게 되었다.

그런 모습을 본 우리의 자녀들과 젊은이들 또한 냉소하게 만들었다. 그로 인해 정말로 깨끗한 삶을 실천해 온 다른 국무위원들의 명예를 도매 급으로 실추시키기에 이른 것이다.

이렇게 말하면 누군가 내게 돌을 던질지도 모른다. '그런 당신은 얼마나 청렴하게 살았냐?'고. 나 역시도 아이들이 학생 때는 내 아이 잘 부탁한다고 학교에 찾아간 적도 있고, 사업을 위해 접대를 한 적도 있으며, 음주운전으로 훈방조치를 받은 적도 있다. 그러나 나는 그저 한낱 범부의 삶을 살았기에 인격적으로 모욕당하는 일은 없었다. 그나마 다행이다.

그런데 청문회의 후유증이 채 사라지기도 전에 장관 한 사람이 딸의 특혜취업으로 인해 사퇴했다는 뉴스를 접하면서 타산지석他山之石의 의미를 되새겨 보았다.

문득 친구로부터 들었던 어느 차관의 이야기가 생각났다. 그 차관에게 벤츠를 싸게 구입할 기회가 주어져 자신의 매형에게 벤츠를 사주겠다는 제안을 했다는 것이다. 그 제안을 받은 매형은 처남에게 불호령을 내렸다.

"자네 지금 정신이 있는 사람인가? 그 자리에만 만족하고 싶은 사람인가? 더 높은 자리에 오르고 더 많은 일을 하려면 권력을 남용할 생각 같은 건 추호도 갖지 말게나. 국민으로부터 정당한 대접을 받기 위해서는 자네가 누리는 명예만큼 그 의무를 다해야 할 것이네."

요즘 들어 송나라 때의 재상을 닮은 청백리淸白吏가 그립다.

조기의 눈

명절맞이 음식을 만
드는 냄새가 아파트 복도에 가득하다.

멀리 나갔던 자녀나, 친척들에게 내놓을 먹을거리 준비가
한창인 게다.

음식 만드는 손에 정성을 담는 것은 조상에 대한 예의이
기도 하겠지만, 가족들이 한데 어울려 주고받는 대화의 즐
거움에 대한 기대 때문이기도 할 것이다.

우리 집도 다르지 않다. 나물 무치고 전 부치고 탕국을

끓이고 아껴 두었던 굴비를 꺼내 쌀뜨물에 담근다. 손길 손길이 마냥 설렌다.

굴비를 줄 세우듯 찜통에 차곡차곡 놓다가 나는 잠시 멈칫한다. 굴비의 눈이 나를 보고 있다는 느낌이 들어서다.

왜 갑자기 그런 생각이 들었을까?

소금에 절여지고 해풍에 말려진 다섯 마리의 굴비가 내게 무언가를 말하고 있다는 느낌이 들었던 것이다. 뚜껑을 덮고 가스레인지를 점화한 후에도 그 생각이 계속 뇌리를 맴돈다.

사람의 기氣를 돕는다 하여 '도울 조助'자를 써 '조기助氣'라 했다던가. 조기는 봄부터 여름까지 우리나라 근해에 머물며 산란을 한다. 가을이 되기 전 먼 동지나해로 가서 태평양 경계를 떠돌다가 봄이 되면 다시 우리 근해로 돌아온다고 한다.

소금에 절여 말린 조기를 찜통에 얹으면서 난 엉뚱하게도 수도승을 떠올렸다. 따뜻한 우리나라 연안이 수도승들의 하안거夏安居라면, 겨울을 나기 위해 떠나는 머나먼 남태

평양 회유는 동안거冬安居에 다름없지 않은가.

스님과 조기라? 너무나 생뚱맞은 것 같았다. 그러나 곰곰이 생각해보면 하안거나 동안거가 끝난 수도승들의 만행萬行, 세상을 떠돌며 수행하는 그들의 과정을 조기가 닮은 것도 같지 않은가.

밥상에 오른 조기. 욕망의 내장까지 소금에 절여진 채 해풍에 제 살을 말렸다가 마침내 찜통 속에서 진정한 생을 마감한다. 그것도 인간의 '기氣'를 북돋우기 위해서. 목숨을 지닌 생명체란 게 한 점 바람과 다름없다는 것을 깨닫기라도 한 듯이 조기는 평온하게 줄지어 누워 있다.

스님들이 사리를 남겨 세상 사람에게 보시普施하듯, 조기는 제 몸의 한 점 살로써 보시를 하는 것이다. 게다가 머릿속에서는 진짜 사리 같은 하얀 돌까지 나오지 않는가.

김이 모락모락 나는 찜통의 뚜껑을 열고 조기를 접시에다 옮긴다. 몸 전체가 황금색이다. 머리엔 금강석의 형상을한 육각형이 뚜렷하다. '석수어石首魚'라 불릴 만하다.

한때는 작지만 다부진 몸뚱이를 흔들며 머나먼 바다를 유영했을 테지. 그러나 어쩌랴. 이제는 접시에 누워 내 가족을 위해 제물로 바쳐져야 한다. 사랑하는 가족들의 밥숟갈 위에 올랐다가, 그들의 건강한 신체로 들어가 생에 마침표를 찍게 될 운명이다.

거기에까지 생각이 미치니 조기를 먹기가 죄스러워진다. 나는 누구에겐가 내가 지닌 하찮은 것이라도 거리낌 없이 줘 본 적이 있었던가? 이웃은 물론이요, 남편과 자식들에게 나를 통째로 던져 보시한 적 있었던가?

인간은 인간으로서의 자질을 베풀 때라야 우월한 존재인 것을.

만물의 영장이라면 미물과는 달라야 하는 깨달음을 조기를 보면서 얻는다.

조기는 한시도 눈을 떼지 않고 나에게 밀어를 보내오고 있다.

행운과 행복

작은아이가 결혼을 전제로 사귀는 여자가 있다고 했을 때 이제야 내가 해야 할 일을 이루게 되는구나 하는 생각이 들었다. 막내까지 결혼하게 되면 거기까지가 내 근심의 종착역일 것 같았다.

그러나 다시 생각해보니 부모의 걱정이라는 게 어디 자녀의 결혼까지이겠는가. 결혼을 못하고 있으면 그것대로 걱정, 결혼을 하고 나면 그것대로 새로운 걱정이 생기기 마련인 것을. 결국 부모란 자녀들에 관한한 걱정을 할 수밖에 없는 존재인 것이다.

결혼에 관한 우스갯소리로 '남자는 결혼을 종착역으로 생각하지만 여자는 시발역으로 생각한다.'는 말이 있다. 남자는 결혼 자체가 목적이지만, 여자는 행복한 결혼생활이 목적이라는 것.

이 말을 곰곰이 생각해보면 남자와 여자의 차이를 실감한다. 사회성이 강한 남자는 결혼을 사회생활을 하는 데 필히 이루어야 할 여러 목적 중의 하나로 생각하는 경향이 없지 않다. 하여, 결혼이라는 목적을 이루면 아내에게 소홀해지기 쉽지만, 여자는 결혼생활이 모든 것의 우선순위에 있는 것이다. 이런 생각의 차이를 사랑이라는 환상에 가려 보지 못하다가 결혼 이후 현실 앞에 서면 견해 차이로 부딪히는 경우를 종종 보게 된다.

요즘엔 남녀 모두가 결혼을 전제로 상대를 고를 때 행복할 상대를 고르기보다 행운의 상대를 고르려는 성향이 많아지면서 정작 결혼생활이 딜레마에 빠지는 일이 많은 것 같다. 남녀 모두 상대의 진심을 보기보다는 외모나 재력,

집안 이런 것들을 우선시하여 행운의 상대가 찾아와주기를 기대하는 것이다.

우리가 흔히 듣는 '누구 아들은 결혼을 잘했대!' 혹은 '누구네 딸은 시집을 아주 잘 갔다는데!' 하는 말의 의미를 캐보면 결국 여자나 남자가 능력이 있거나 집안이 대단한 상대를 골랐다는 뜻이다. 그럴 때마다 나는 그게 정말로 잘한 결혼인가, 그런 기준이 통하는 사회가 정상적인 사회인가 하는 회의가 드는 것이다. 더욱이 한국이 OECD 30개 국가 중 이혼율 1위라는 것은 우리가 어떤 시대에 살고 있는지를 잘 반영해준다.

내 젊은 시절에는 뜨겁게 사랑하는 사이를 부러워했고, 가진 게 없어도 서로의 진심만 확인된다면 세상사 어려움이야 헤쳐나갈 수 있다는 신념이 있었다. 그와 비교해 보면 요즘은 얼마나 정서적으로 허약한 시대인가.

젊은이들이 복권처럼 결혼에서도 행운을 찾으려는 꿈을 꾼다면 그 미래는 위태로울 수도 있지 않을까?

우리 젊을 때는 복권은 주택복권 하나가 전부였다. 당시는 가진 것 없는 사람들의 최대목표가 집이었고, 집 장만하기가 지금보다도 어려운 시절이었다. 그러니 당첨되는 행운보다는 오백 원짜리 복권 한 장으로 일주일 내내 행복한 꿈을 꾸면서 주머니에 복권 한 장 정도는 담아두고 있었다. 그러나 지금은 복권의 종류도 셀 수 없을 정도로 많고 수입의 상당액을 그것에 투자하는 사람도 있다. 그걸로 패가망신한 사람도 있다고 하니 복권은 행운의 상징이 아니라 불행의 그림자 같다는 생각마저 든다.

우리는 행운의 상징으로 네잎클로버를 떠올린다. 말 위의 나폴레옹이 네잎클로버를 발견하고 그것을 따기 위해 허리를 굽히는 순간 총알이 머리 위를 스치고 지나갔다는 데서 네잎클로버의 행운설이 유래한다.

누구나 클로버 만발한 들녘에서 네잎클로버를 찾아다닌 추억이 있을 것이다. 그런데 행운의 네잎클로버를 찾기 위해 수없이 밟고 다닌 세잎클로버의 꽃말이 행복이라는 사실을 몇이나 알고 있을까. 알고 있었다면 나처럼, 하나의 행운을 찾기 위해 그 곁의 무수한 행복을 무참히 짓밟는 우를 범하지는 않았으리라.

결혼은 행운을 찾는 모험이 아니라 행복을 찾는 궁극의

길이라는 것을 젊은이들에게 말해주고 싶다. 이 땅의 젊은 이들이 진심어린 결혼으로 행복한 가정을 이루기를 희망해 본다.

가을 나비

처음에는 낙엽인 줄
알았다. 정말이다. 그러나 바람을 타고 팔랑거리는 것은,
낙엽이 아니라 나비였다. 진노랑색의 날갯짓이 내 시야에
강렬하게 나풀거렸다. 그래, 나비라니!

찬바람에 나무들이 잎을 떨구는 이 계절에 느닷없이 나
비라니. 바람에 쓸려 가는 낙엽처럼 나비가 시야에서 사라
진 뒤에도 내 망막엔 오래도록 그 여운이 남아있었다.

영국 작가 오스카 와일드가 쓴 동화 『행복한 왕자』가 기

억난다. 따뜻한 남쪽으로 가던 제비 한 마리가 광장에 서 있는 왕자의 동상 아래서 쉬게 된다. 왕자는 제비에게, 자신의 몸에 붙은 금과 보석을 떼어내 가난한 사람에게 나누어주라고 간곡히 부탁한다. 그 부탁을 들어주던 제비는 결국 떠나지 못하고 추위에 얼어 죽는다. 왕자의 동상은 볼품없어지고 제비는 얼어 죽지만 둘의 영혼은 함께 천국으로 간다는 이야기다.

제목이 왜 '행복한 왕자'였을까. 아마도 금과 보석으로 치장하고 있어도 행복을 느끼지 못했던 왕자가, 제비의 도움으로 가진 것을 모두 나눠주었을 때 진정한 행복을 느꼈기 때문이리라.

가을은 짧아서 금방 겨울이 된다. 달동네 가난한 서민들이 계절을 먼저 느낀다. 코끝에 찬바람이 스치면 마음부터 추워지는 것이다. 겨울 지날 걱정을 하는 사람들에게 단풍놀이는 먼 나라의 이야기다. 뉴스에 오르내리는 한뎃잠을 자야 하는 노숙자들, 소년소녀 가장들, 이들에게 가을과 겨울은 어쩌면 몸보다 마음이 더 시린 계절이다.

해마다 연말이면 신문과 방송에서 연례행사처럼 불우이웃돕기를 하고, 거리에는 자선냄비가 등장한다. 그렇게 만들어진 재원으로 한 그릇의 따뜻한 밥은 제공될지라도, 얼어붙은 가슴마저 녹여주지는 못한다.

그래서 저 노란 나비는 이 가을을 떠나지 못하고 나풀거리는 것일까. 한여름에 피었던 꽃들은 이미 지고 없다. 푸른 잎을 자랑하던 수목들도 앙상한 가지를 드러내는 참이다. 찬바람도 두려워하지 않고 힘찬 날갯짓을 하던 노란 나비는, 힘들고 지친 이들을 찾아가는 행복한 왕자의 전령인지도 모른다. 많이 가진 것보다는 많이 나누는 일이 행복하다는 것을 왕자는 말하고 있지 않은가.

올겨울엔 모두의 가슴마다 날갯짓하는 샛노란 나비 한 마리씩 간직했으면 좋겠다. 모든 이들이 따뜻한 체온을 나누는 인간의 계절은 언제쯤 오려나.

양미경 수필집

생각을 겨냥한 총

인   쇄   2012년 6월 4일
발   행   2012년 6월 11일

지 은 이   양 미 경
발 행 인   서 정 환
발 행 처   수필과비평사

출판등록   1984년 8월 17일 제28호
주   소   서울시 종로구 익선동 30-6
　　　　　　운현신화타워 빌딩 2층 208호
전   화   (02) 3675-5633
팩   스   (02) 3675-5633
메   일   essay321@hanmail.net

값 10,000원

ISBN 978-89-97700-22-6   03810